최재천 교수와 함께 떠나는

생각의탐험

움직이는 서재 과거와 현재와 미래를 연결시키는 지식 창고

책과 함께 있다면 그곳이 어디이든 서재입니다.
집에서든, 지하철에서든, 카페에서든 좋은 책 한 권이 있다면 독자는 자신만의 서재를 꾸려서 지식의 탐험을 떠날 수 있습니다. 좋은 책이란, 시대와 세대를 초월해 지식과 감동을 대물림하고, 다양한 연령들의 소통을 가능케 하는 힘이 있습니다. 움직이는 서재는 공간의 한계, 시간의 장벽을 넘어선 독서 탐험의 동반자가 되겠습니다.

최재천 교수와 함께 떠나는

생각의 탐험

최재천 지음

움직이는
서재

문과적 소양을 갖춘
이과형 인재를 원해

기획 독서의 첫 단추는 청소년기에

제가 입시 준비를 해야 하는 청소년들을 위해 이 책을 준비한 이유는 몇 해 전부터 꾸준히 주장해 온 '기획 독서' 때문입니다. 사실 기획 독서만 제대로 해도 앞으로의 추세가 될 학생부종합전형 중심의 입시에 자신감을 가지고 도전할 수 있습니다. 하지만 아직은 많이들 실행하지 못하는 것 같아서, 기획 독서를 좀 더 적극적으로 권해야 할 것 같습니다.

기획 독서란, 머리를 식히기 위해서 또는 계획 없이 닥치는 대로 읽는 취미 독서와 구별되는 개념입니다. 분명한 목표를 가진 독서 형태지요. 저는 독서를 일처럼 해야 한다고 말합니다. 지금은 대학입시를 통과하는 것이 가장 큰 목표겠지만 앞으로의 인생을 살면서 20대 초반에 대학에서 했던 전공은 크게 중요하지 않을 것입니다. 평균 수명이 길어진 탓에 직업을 가져야 하는 기간 또한 길어졌으나, 하나의 직업을 선택해 끝까지 가기엔 세상의 변화가 너무 빠르기 때문입니다. 그래서 청소년기에 기획 독서의 첫 단추를 제대로 끼우는 것은 굉장히 중요합니다. 그것을 통해 논술과 면접 시험 준비를 할 수 있고, 자신이 어떤 것을 좋아하는지 알 수 있으며, 그것을 바탕으로 당당하게 진로도 찾을 수 있기 때문입니다.

자연계를 지망하는 학생이 늘어날 거야

저는 십여 년 전부터 '문이과 통합교육'을 주장해 왔습니다. 그런데 막상 실행 계획이 수립되는 과정을 보니까 제가 원하는 방향은 아니었습니다. 저는 과학을 기반으로 한 이과 중심의 통합 교육을 주장했습니다. 물론 이과 과목을 싫어하는 학생들 입장에선 제가 밉게 느껴지겠지요. 그런데 말입니다. 제가 자연과학자라서 그런 생각을 했을까요? 물론 그런 점도 없진 않겠지만, 그보다는 '문과적 소양을 갖춘 이

과형 인재'를 원하는 시대가 올 것이라는 통찰이 있었기 때문입니다.

올해부터 자연계 입시가 좀 더 치열해졌다고 합니다. 아마 앞으로도 계속 그렇게 될 것 같습니다. 그런데 예전과 다른 게 있다면 '통섭형 인재', '융합형 인재'를 원한다는 점입니다. 자연계열 전공이라고 해도, 이전처럼 자기 전공만 아는 인재를 필요로 하지 않습니다. 거기엔 '인문적 소양을 지닌'이라는 분명한 전제가 붙게 되지요.

2009년에 서울대에 자유전공학부가 생겼습니다. 자전학부는 2학년 진학 이후 의학 계열과 사범대를 제외한 거의 모든 전공에 선택권을 부여합니다. 미술과 음악 등 예술 계열 전공도 선택이 가능하며 원하는 전공이 없으면 '학생설계전공'이라는 이름으로 스스로 만들 수도 있습니다. 또한 학생설계전공이 아니라 해도, 자전학부에 다니는 학생들에게 2개 이상의 전공을 권한다고 합니다.

올해 자전학부 학생 14명은 자신이 원하는 전공을 스스로 설계해 선택했답니다. 전공명은 '시각예술 트렌트 분석학', '데이터 과학', '공존의 윤리와 우주적 규범학', '지속가능성학', '지식네트워크 역학' 등 매우 창의적입니다. 학생 설계전공이란 여러 학과의 수업을 조합한 후 학교의 허가를 받아 독창적인 전공을 만드는 과정입니다. 2개 이상의 전공을 융합해 새로운 교과과정을 만드는 것이지요. 이 전공은 칸막이 안에 갇힌 기존의 학문에서 벗어난, 시대에 맞는 인재를 키워내기 위해 생겨났습니다.

아인슈타인보다는 피카소의 방식으로

저는 지도하는 대학원생들에게 논문을 써 보라고 말할 때가 있습니다. 그런데 그때마다 십중팔구는 '아직 준비가 안 됐다'는 대답을 해서 저를 안타깝게 했습니다. 야구 경기에 나선 타자에 비유하자면, 좋은 공이 들어와 만루 홈런을 칠 수도 있는 상황인데 눈길도 주지 않고 몸을 웅크리는 것과 같았으니까요.

세계적으로 성공한 학자들도 처음부터 완성된 논문을

떡 하니 내놓지 않습니다. 처음엔 2~3페이지밖에 안 되는 짧은 글을 써 놓고, 여기에서 조금씩 추가하고 보완해 가며 훌륭한 논문을 완성합니다.

우리는 늘 성공한 사람들의 완성품만을 보게 됩니다. 그래서 자신이 무언가를 해야 할 때도 그처럼 처음부터 완성품을 내놓아야 되는 줄 압니다. 그런데 사실 그 완성품은 수많은 수정과 덧붙임 끝에 만들어진 것입니다. 수정과 보완을 거듭하다 이쯤 되면 괜찮다고 생각해서 세상에 내놓은 것들이지요. 그래서 말입니다. 무언가를 할 때는 차근차근 과정을 밟아 나가야 성과를 낼 수 있다고 생각하길 바랍니다. 단번에 눈에 띄는 성과를 내려고 마냥 기다리기만 하면 결국 아무것도 만들 수 없거든요.

아인슈타인과 피카소 이야기를 해봅시다. 분야는 다르지만 각자 20세기를 대표하는 천재입니다. 두 사람 다 천재임은 분명하지만, 성과를 내는 방식은 확연히 달랐습니다. 아인슈타인은 상대성 이론을 통해 과학계에 거대한 혁명을 일으켰지요. 말 그대로 공이 들어 왔을 때 딱 한 번에 홈런을 친 사람입니다. 그런데 피카소는 다릅니다. 그는 자신이 할 수 있는 모든 것을 시도한 사람입니다. 그는 공이 들어올 때마다 방망이를 휘둘러 단타도 치고, 운이 좋아 2루타도 치고, 홈런도 때려 본 사람입니다. 다양한 시도를 하면서 좋은 작품을 건진 경우이지요.

둘 중 누가 더 나은지를 비교하려는 게 아닙니다. 분명한 것은 아인슈타인의 방식은 우리가 따라가기 어렵다는 것입니다. 그렇다면 피카소를 따라가는 건 어떨까요? 피카소의 방식을 벤치마킹하려면 '나도 하다 보면 가능할 수 있다'는 스스로에 대한 믿음이 있어야 합니다. 이런 말이 있습니다.

'나에게 주어진 소박한 일들을 열심히 해 나가면 언젠가는 앞서가는 아인슈타인의 등이 보일 것이다.'

저는 이 말에 깊이 공감합니다. 준비가 다 되어 홈런을 칠 날을 기다리지 말고 일단 눈앞에 들어오는 공부터 쳐 보는 연습을 해봅시다. 그러다 보면 어느 날 4번 타자가 되어 있는 자신을 보며 감격할지도 모릅니다.

이 책에서 다루는 10가지 주제는 제가 지난 10년 동안 가장 중요하게 생각해 온 의제들입니다. 따라서 이 책에 담긴 저의 생각과 주장을 한번 따라와 보고, 또 뒤집어 보고 하는 과정을 재미있게 체험하는 것이 중요합니다. 그 과정 속에서 여러분에게 필요한 생각의 훈련이 충분히 이루어 질 것입니다. 소박하게 하나씩 열심히 해 나가면 어느 날 앞서가는 선배의 등이 보일 테니까요. 청소년 여러분의 건투를 빕니다!

PART 2 어떻게 미래를 준비할까?

통섭형·융합형 인재를 위한 생각 노트

PART 1

자연에서
출발하라

Thinking
Explore 1

인간이란?

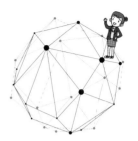

인간은
지구 생태계의 막내야

■■■■■■■■■ 인간이란 대체 무엇일까요? 누구나 궁금
해하는 문제입니다. 그리고 이런 질문에 대한 대답이 모여
서 인간학(人間學, anthropology)이 되었지요.

인간학은 철학을 기반으로 삼으면서, 윤리와 종교의 가
르침과 여러 과학의 성과를 버무려야 합니다. 그런데 이것이 너무 광범위하기 때문에 미완의 학문이 될 수밖에 없습니다. 그래서 각 분야의 학문들은 자신의 시각에서 인간을 보지요. 정치학에서는 권력을 좇는 존재로 보고, 경제학에서는 교환하는 존재로 보며, 사회학에서는 길들일 수 있는 존재로 보고, 정신분석학에서는 무의식의 명령을 받는 존재로 봅니다. 그리고 저는 인간에 대해 조금 다른 시각으로 접근합니다. 저는 우선 '인간은 동물'이라는 생각에서 출발합니다.

사람들은 종종 인간이 동물과 다른 점들에 대해 이야기합니다. 누구는 생각하는 능력(이성)이라고도 하고, 누구는 문명이라고 하기도 합니다. 저 역시 2007년에 《최재천의 인간과 동물》이라는 책에서 이와 관련된 이야기를 한 적이 있지요. 그런데 이런 이야기를 할 때 다들 간과하는 점이 있습니다. 마치 인간은 동물과 다른 어떤 특별한 존재라고 생각하는 것이지요. 사실 이것은 인간들만의 편견이자 오류입니다.

다들 알다시피 인간은 동물의 한 종류입니다. 웃자고 하는 말이지만 식물이나 미생물, 그것도 아니라면 무생물이 아닌 이상에야 동물일 수밖에 없지 않겠어요? 인간의 형태를 보면 동물 중에서도 새끼를 일정 기간 몸속에서 키워서 내보내는 포유동물에 속하지요. 여기에서도 돼지나 개, 고양이처럼 새끼를 낳아 젖을 먹여 키우는 젖먹이 동물입니다. 많은 사람이 동물을 진화의 산물로 보는 것을 당연하게 여깁니다. 그런데 이 관점을 자신에게 대입하는 것은 매우 꺼립니다. 그러나 결국 우리 인간도 엄연한 진화의 산물인 셈이지요.

그래서 저는 인간이 특별한 무엇이 아니며 생태계를 구성하는 동물 중 한 종에 불과하다고 생각합니다. 그것도 너무나 나약하고 볼품없는 동물이지요. 다른 동물들은 두꺼운 가죽, 날카로운 송곳니, 발톱으로 몸을 지키는데, 인간은 종이에 베일 만큼 살가죽도 얇고 손발도 매끄럽습니다. 게다가 특별한 감각 기관이 있는 것도 아니에요. 대부분의 동물은 숲 속에서 자기 보금자리를 잘 찾아가는데, 인간은 나침반 없이는 아무 데도 갈 수가 없지요. 그리고 동물은 맨몸으로도 숲에서 살아갈 수 있지만 인간은 옷과 도구가 없으면 생존이 어렵습니다.

물론 인간이 분명 더 뛰어난 점도 많습니다. 명석한 두뇌로 세상 어떤 동물들보다 우수한 문명을 이뤄 왔습니다. 하지만 그렇다고 꼭 인간이 모든 존재의 정점이 되는 것은 아닙니다. 뛰어난 점만큼 부족한 점도 많다는 것을 기억했으면 합니다.

인간이 속한 종種은 호모 사피엔스입니다. 이 종이 지구에 처음 모습을 드러낸 것은 지금으로부터 불과 20~25만 년 전으로, 얼마 되지 않았습니다. 지구의 역사가 46억 년이나 한다는 것을 돌이켜 보면 지구 역사 끝자락에서, 찰나와도 같은 짧은 시간 사이에 생긴 종이지요. 즉 우리 인간은 진화의 산물 중 막내 격이라고 볼 수 있습니다. 그에 비하면 바퀴벌레, 까치, 돼지 이런 동물들은 인간보다 훨씬 오래 지구의 주민으로 살아왔습니다. 만약 자연계에도 어른을 공경하는 유교 문화가 있다면 인간은 까마득한 대선배들이 너무 많아 고개도 못 들고 다닐 것입니다. 그리고 지금 인간이 동물들을 대하는 상황은 마치 나이 지긋한 어른이 새파란 어린아이에게 흠뻑 두들겨 맞고, 돈까지 빼앗긴 것과 같겠지요.

앞서 말했듯 인간은 동물에 비해 신체적 능력이 뛰어나

거나 한 것은 아닙니다. 그래서 어떻게 보면 별 볼 일 없어 보이고 약해 보이기도 하지요. 하지만 인간이 생존해오고, 발달해온 것을 쭉 지켜보다 보면 참 대단하다는 결론이 나요. 저는 이런 일련의 과정을 통해서 인간이 지닌 존엄성을 깨닫곤 합니다.

제가 이런 이야기를 하면 불편해하는 사람들이 있습니다. 특히 인문학자들에게서 종종 비판을 받지요. 인문학이나 종교에서는 인간의 존엄성을 굳이 검증할 필요가 없다고 생각합니다. 그래서 어떤 논의를 할 때에도 기본적으로 인간은 존엄하다는 전제가 바탕에 깔려 있습니다. 그런데 자연과학은 인간을 그렇게 보지 않아요. 자연과학에서는 인간을 다른 동물들과 같은 관점에서 바라볼 수밖에 없어요. 그렇기 때문에 인문학과 자연과학, 두 학문은 종종 평행선을 달리게 됩니다.

저는 인간의 존엄성은 얻어내는 것이지 본인이 스스로 부여하는 것이 아니라고 생각합니다. 인간이 제아무리 존엄하다고 스스로 외친들 그것이 무슨 의미가 있겠어요. 어떤 면에서, 왜 존엄한지 밝혀야 진정한 존엄을 인정받을 수 있겠지요. 그 과정에서 오류가 있다 해도 그걸로 모든 인간이 하루아침에 짐승이 되는 것도 아닌데, 무엇을 그리 두려 위하는지 잘 모르겠습니다.

인간이 자연계의 일부라는 것을 인정하고 주위를 둘러 보게 되면 그동안은 보지 못했던 많은 것을 볼 수 있게 됩니다. 우선 스스로를 작은 존재로 여겨 겸허하게 여길 수 있게 됩니다. 나아가 자기 자신의 한계를 분명히 파악할 수 있습니다. 그리고 한편으로는 생태계를 통틀어 인간만큼 뛰어난 두뇌를 가진 동물은 없기에, 그것에 자신감을 얻기 도 하지요.

그런데 최근 일부 인본주의에서는 이런 과정을 모두 생략한 채 '인간만 특별하다'는 주장을 하기도 합니다. 그런데 이런 주장은 한 치라도 잘못 나가면 위험한 결과를 초래할 수 있어요. 예전에는 과학기술만이 최고라고 여기며 다른 모든 것을 무시하는 매드 사이언티스트들이 욕을 먹었는데, 이제는 인본주의에서 인간만이 최고라고 외치고 있어서 문제입니다. 오히려 나와 같은 자연과학자들이 그런 사람들을 말리고 있지요.

생명이 있는 것은 다 아름답습니다. 모든 생물은 나름대로 존재 가치와 권리가 있지요. 인간은 그것을 인정해야 합니다. 그리고 우리가 생태계의 막내라는 사실을 잊어서는 안 됩니다.

이 사실을 인지하고 자연과 인간을 돌아보면 인간의 존엄성을 저절로 얻고 느끼게 됩니다. 이제부터라도 나와 같은 자연과학자들의 목소리에도 한 번쯤 귀 기울여 보는 것은 어떨까요. 저는 이 땅의 생명이, 모든 동물이 주체적인 삶을 살게 될 그 날을 기대해 봅니다.

인간의 차별점은 '설명하는 뇌'에 있어

■■■■■■■ 제가 통섭 강의를 하면서 가장 자주 언급하는 것이 바로 '뇌'입니다.

저명한 뇌 과학자들 앞에서 이 이야기를 하면 불편해하는 사람들도 있어요. 뇌의 진화 과정을 연구하는 사람으로서 말하자면 뇌 과학은 다른 과학 분야에 비해 그다지 최첨단이라고 보기 어렵습니다. 요즘에는 뇌 영상을 보면서 하나씩 기능을 밝히고 있지만, 실제로 뇌를 뜯어 가며 그 안에서 일어나는 수많은 현상들을 직접 확인할 수는 없기 때문이에요. 그만큼 뇌는 아직도 신비한 미지의 영역이지요.

저는 동물의 뇌를 연구하는 사람입니다. 흔히 동물과 인간의 다른 점으로 '생각하는 뇌'를 들곤 했는데 이 학설들이 지금은 무참하게 깨져 버렸지요. 동물들도 인간과 마찬가지로 특정한 행동에 자존심 상해하기도 하고, 자기가 불합리한 대접을 받았다고 생각하면 의사 표현을 해요. '생각하는 뇌'의 견지에서 보자면 이것은 인간의 뇌와 별반 차이가 없지요.

유전자 과학이 발달하면서 침팬지와 인간의 유전자 차이가 불과 1퍼센트밖에 다르지 않다는 것을 발견했습니다. 인간과 침팬지의 뇌는 형태에서는 별 차이가 없어요. 그런데 기능 면에서는 엄청난 차이가 있지요. 이런 것들을 제대로 구별하려면 '생각하는 뇌'라는 기존 개념은 적절하지 못합니다. 오히려 저는 인간의 뇌는 생각하는 뇌가 아니라 '설명하는 뇌'라고 생각해요.

예전에 문예 비평가이자 인문학자인 도정일 선생과 대담을 한 적이 있어요. 그때 저는 '구라'라는 표현을 쓴 적이 있습니다. 이 말이 비속어인 것처럼 들릴 텐데 사실 '구라'는 '거짓말' 또는 '이야기'를 뜻하는 표준어입니다. 아무튼 그때 저는 선생에게 "동물이 구라 푸는 걸 보신 적이 있나요?"라고 물어보았습니다. 왜냐하면 '구라'는 인간만의 속성이라고 생각했거든요.

제 생각에 구라는 상징적인 표현의 하나입니다. 어떤 침팬지도 밤새 구라를 풀어가며 놀지는 않지요. 구라를 풀 수 있다는 것은 시와 소설을 쓸 수 있고, 나아가 신화를 창조해 낼 수도 있다는 것입니다. 모든 것을 만들어 내고 설명해 낼 줄 아는 것, 침팬지의 뇌에는 없는 인간과 동물의 결정적인 차이이지요. 그래서 저는 인간의 뇌가 '생각하는 뇌'가 아니라 '설명하는 뇌'라고 생각합니다.

혹자는 인간이 '나는 누구일까?'라는 질문을 스스로에게 던지고, 존재를 성찰하며, 근원에 대한 의문을 품는 것이 바로 인간 뇌의 특별함이라고 이야기합니다. 물론 어느 정도는 맞는 말입니다만 저는 여기에 100퍼센트 동의하지는 않습니다. 10년 넘게 온갖 고초를 겪으며 살아온 침팬지의 머릿속에 과연 그런 것이 없다고 확신할 수 있을까요? 개도 10년 넘게 키우면 눈빛이 달라집니다. 유기견 보호 센터에 가 보면 고초를 겪은 개들의 눈빛은 확실히 다르다는 것을 알 수 있지요. 그렇다면 과연 그 개가 그간의 세월을 관조하는 무엇이 없을지 의문이 듭니다. 이것은 현대 뇌 과학 기술로 측정하기 어려운 일입니다. 또한 어떤 개가 10년 넘게 살며 기가 막힌 철학자가 되었다 한들 그것을 설명할 방법도 없습니다. 그러나 우리 할아버지, 할머니들은 그것을 설명할 수 있습니다. 이것이 인간과 동물의 가장 큰 차이가 아닐까 합니다.

이 문제는 자칫하면 언어학의 대가인 노암 촘스키[Noam Chomsky] 선생과도 부딪칠 수 있는 문제이긴 합니다. 일전에 저는 선생을 뵙고 이야기를 나눈 적이 있습니다. 선생이 제게 어떤 연구를 하느냐고 묻기에 저는 "까치의 언어를 연구합니다."라고 대답했습니다. 그러자 선생은 "까치에게 무슨 언어가 있느냐, 까치가 독백을 하느냐?"고 반문하여 잠시 논쟁이 붙었지요.

촘스키 선생의 지론은 '언어는 자기가 자신에게 이야기

하기 위해 생겨난 것'이라서 제가 하는 이야기를 받아들일 수 없어 화가 많이 났던 모양입니다. 그런데 저는 까치도 관조하는 능력이 있고, 그것을 표현하는 데 차이가 있을 뿐 이라고 생각합니다.

Thinking Explore 2

생물다양성

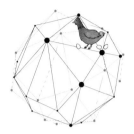

오렌지색 두꺼비는
이제 지구에 없어

저는 미국에서 박사 학위 과정을 밟던 1980년대 내내 중남미 열대 우림에 드나들었습니다. 1986년에는 아즈텍 개미에 대해 연구를 하느라 코스타리카 고산지대 몬테베르데에 있는 운무림 보존 지구를 방문했었는데, 어느 날 밤 숲 속에서 눈이 부시도록 아름다운 오렌지색 황금두꺼비(golden toad)를 보았습니다.

어른 한 사람이 제대로 들어앉기도 힘들 정도로 비좁은 물웅덩이에 언뜻 세어 봐도 족히 스무 마리가 넘는 황금두꺼비들이 있었습니다. 그들은 고혹적인 몸매를 뽐내려는 듯 다리를 길게 뻗기도 하고 물웅덩이에 첨벙 뛰어들어 헤엄을 치기도 하며, 마치 우리 옛이야기인 〈선녀와 나무꾼〉에 나오는 선녀들처럼 멱을 감고 있었습니다.

1960년대 중반에 황금두꺼비를 처음으로 발견한 생물학자는 누군가 그들을 통째로 오렌지색 에나멜페인트 통에 담갔다 꺼낸 것은 아닐까 의심했다고 합니다. 깜깜한 열대 숲 속에서 손전등 불빛에 비친 황금두꺼비들을 보고 있으면 정말 그들이 실제로 존재하는 동물인지 되묻게 됩니다. 저는 선녀의 목욕을 훔쳐보는 나무꾼처럼 숨소리마저 죽인 채 나무 뒤에 숨어 두꺼비를 관찰했습니다. 다만 그들이 수컷 선녀라는 게 아쉬울 뿐이었지요. 그리고 그해에 저는 딱 한 번 더 황금두꺼비를 볼 수 있었고, 그 뒤로는 다시는 그들을 볼 수 없었습니다.

나중에야 안 사실이지만 그때에도 황금두꺼비는 빠르게 멸종하고 있었습니다. 국제 자연보호연맹(IUCN)에서는

2004년에 황금두꺼비가 완전히 멸종했다고 보고했습니다. 과학자들이 황금두꺼비를 마지막으로 보았다고 기록된 것이 1989년 5월 15일이었습니다. 제가 황금두꺼비를 보았던 때로부터 꼭 3년밖에 지나지 않은 해입니다.

안타깝게도 개구리, 맹꽁이, 도롱뇽 같은 양서류들은 1960년대 이후 매년 2퍼센트 이상 개체 수가 줄어들고 있습니다. 생물학자들은 환경 파괴가 이런 식으로 계속된다면 2030년 즈음에는 지구 상에 존재하는 동식물의 20퍼센트가 황금두꺼비처럼 없어져 버리거나 조기 절멸하는 위험을 겪게 될 것이라고 추정하고 있습니다. 그리고 21세기말이 되면 20퍼센트가 아니라 절반 정도의 동식물이 지구에서 사라질 것이라고 경고합니다.

'생물다양성(Biodiversity)'이라는 용어는 처음부터 있던 말이 아니라 하버드 대학의 생물학자 에드워드 윌슨^{Edward O. Wilson}이 만들어낸 말입니다. 원래 학계에서는 자연의 다양성(Natural diversity) 또는 생물적 다양성(Biological diversity)이라는 말을 썼는데, 윌슨이 둘 중 후자를 축약해 사용하면서 널리 퍼졌습니다. 그는 1986년 미국 워싱턴에서 열린 '생물적 다양성에 관한 국제 포럼(National Forum on Biological Diversity)'에서 펴낸 책 제목으로 이 용어를 사용했지요.

파충류학자 졸탄 타카스Zoltan Takacs에 따르면 1988년에는 생물학 초록집(BA, Biological Abstracts : 생물학, 생화학, 생명공학, 식물학, 동물학, 병리학, 약학, 농학 등에 관련된 전 세계 학술 잡지에 수록된 논문 또는 기사의 요약문을 정리한 데이터베이스)에서 '생물다양성'이라는 용어는 아예 검색조차 되지 않았고 '생물적 다양성'이라는 말이 단 한 차례 검색될 뿐이었다고 합니다. 그런데 불과 5년 후인 1993년에는 전자가 72번, 그리고 후자가 19번이나 등장하게 됩니다. 그리고 이제는 생물학계뿐만 아니라 정치, 경제, 사회 전반에 걸쳐 거의 일상용어처럼 쓰이고 있습니다. 그러면서 의미 또한 확산되어 생물적 다양함이라는 원래 뜻을 넘어 생명, 야생, 혹은 보전과 같은 의미로도 쓰이거나, 이 모든 것을 포괄하는 만능어로 쓰이기도 합니다.

21세기 이후로 생물다양성이 줄어드는 것이 세계적으로 중요한 문제가 되었습니다. 지난 세기말 미국 자연사박물관은 각 분야에서 저명한 과학자 400명에게 '현대 인류사회를 위협하는 문제들 중 가장 심각한 것은 무엇일까?'라는 주제로 설문조사를 실시했습니다. 그리고 과학자 대부분은 사회 및 환경 부분에서 생물의 다양성이 줄어드는 것이 제일 문제라고 대답했습니다. 생물학자뿐만 아니라 다른 분야에 있는 과학자들조차 이것이 가장 심각한 문제라고 느낀 것입니다.

또한 유엔(UN)에서는 지난 2010년을 '국제 생물다양성의 해(The International Year of Biodiversity)'로, 2011년부터 2020년까지 장기간을 '생물다양성 10년(Decade on Biodiversity)'으로 정했습니다. 그리고 이와 관련하여 세계 각국에서 다양한 행사를 열어서 많은 사람이 기후 문제와 생물다양성에 관심을 가질 수 있도록 노력하고 있습니다.

생물다양성이 줄어드는 이유는 대개 지구 온난화로 인한 갑작스런 기후 변화 때문입니다. 특히 기후 변화는 일반인들조차 일상생활에서 직접 느낄 수 있을 정도로 문제가 심각합니다. 예전보다 기온이 올라가거나 내려가고, 비가 와야 하는데 오지 않거나 너무 많이 오는 등 살아가는 환경이 갑자기 바뀌어 버리니 적응을 할 수가 없어서 점점 개체 수가 줄어들게 되는 것입니다. 기온이 올라가면서 북극에 있는 빙하가 점점 녹아버려 얼음으로 된 섬 사이의 간격이 벌어지게 되고, 얼음 섬 사이를 헤엄쳐 다니던 북극곰들은 갑자기 너무 먼 거리를 헤엄치게 되어 그만 익사해 버리고 만다는 뉴스를 한 번쯤 본 적이 있을 겁니다.

커다란 기계로 기온을 조작해서 인위적으로 올리거나 내릴 수만 있다면 참 좋겠지만 아직 우리 인간들에게는 지구 전체의 기온을 조절할 만한 능력이 없습니다. 게다가 그런 방법이 가능하다 한들 강제로 지구 전체의 온도를 낮추고, 그 온도에 맞춰서 사람들은 따뜻한 집 안에서만 살게 하는 극단적인 방법을 쓸 수도 없는 노릇입니다. 그렇기 때문에 사람들은 다양한 생물들이 멸종하지 않고 살아갈 수 있도록 기후 변화 문제에 관심을 가지고 해결 방법을 찾아야 합니다.

유대인의
생태 철학 배우기

20세기와 21세기에 거쳐 인구는 폭발적으

로 증가했습니다. 이에 따라 생태환경 또한 급속도로 파괴되고 있습니다. 인구 증가와 산업화로 지구 온난화가 일어나면서 기후가 변하고 있기 때문입니다. 그러면서 생물다양성도 줄어들고 있는 것이지요.

흔히들 동양과 서양은 자연을 바라보는 관점이 다르다고 이야기하곤 합니다. 동양에서는 인간을 자연의 한 부분으로 생각해서 자연과 조화를 이루어 살도록 가르쳐 왔고, 반대로 서양에서는 자연을 신이 인간에게 준 선물과 같기에 이것을 자유롭게 사용해도 된다고 가르쳤다고 생각합니다. 그런데 서양 문화의 주축인 성경을 잠시 예로 들어보겠습니다. 창세기에는 하나님께서 우리 인간을 만드신 후 이렇게 말씀하셨다고 쓰여 있습니다.

"생육하고 번성하여 땅에 충만하라, 땅을 정복하라, 바다의 고기와 공중의 새와 땅에 움직이는 모든 생물을 다스리라(《창세기》 1장 28절)."

즉 하나님이 우리 인간에게 인간을 제외한 모든 자연을 소유할 권리를 주시고 또한 이것들을 정복하고 관리할 자격을 부여한 것입니다. 또한 하나님은 대홍수가 일어났을 때 방주를 만들어 살아남았던 노아와 아들들에게도 같은 말씀을 하셨습니다.

"생육하고 번성하여 땅에 충만하라. 땅의 모든 짐승과 공중의 모든 새와 땅에 기는 모든 것과 바다의 모든 고기가 너희를 두려워하며 너희를 무서워하리니 이들은 너희 손에 붙이었음이라(《창세기》9장 2절)."

하나님이 이르신 대로 우리 인간은 농업을 개발하고 산업혁명으로 기계 문명을 발달시켜 성공적으로 생육하고 번성하였으며, 급기야 엄청난 인구 수로 땅에 충만하기까지 했습니다. 어떤 역사학자들은 이와 같은 기독교의 가르침이 오늘날 우리 인류가 겪는 환경 위기에 한 원인이 되었다고 주장하기도 합니다. 물론 이런 것과 관련해서는 아직까지 다양한 분석이 엇갈리기에 무엇이 옳고 그르다 말할 수 없는 문제입니다. 그러나 독일의 휘터만^{Hüttermann} 부자가 저술한 《성서 속의 생태학^{Am Anfang war die Ökologie}》에 따르면 실제 기독교의 가르침은 이것과 다릅니다.

구약성서에 나오는 고대 유대인들은 지금 기준으로 보아도 지속 가능성이 매우 높은 삶을 살았습니다. 우선 나무가 자라 열매를 맺기 시작할 때부터 첫 3년 동안에는 열매를 수확하지 않고 그대로 썩게 만들어 토양을 기름지게 합니다(《레위기》19장 23~25절). 그리고 일주일에 하루씩 안식일을 갖듯이 7년마다 한 해씩 수확 안식년을 가져 땅을 보호하기도 했습니다(《레위기》25장 8~13절).

레위기에는 물속에 사는 동물 중 지느러미와 비늘이 없는 것을 먹어서는 안 된다(《레위기》11장 9~11절)는 계율도 있는데, 이것은 모기를 비롯해 온갖 해충을 잡아먹는 개구리를 보호하고자 하는 생태학적 지혜입니다. 아울러 고대 유대인들은 개인의 토지 소유 기한을 49년으로 제한했습니다. 당시 유대인들의 평균 수명이 50년 남짓이었음을 감안하면 이는 토지 세습을 막아 토지의 사유화로 인한 환경 파괴를 원천적으로 봉쇄하려는 정책이라고 볼 수 있습니다.

이 세상에 유대인만큼 까다로운 음식 계명을 갖고 있는 민족도 별로 없을 것입니다. 그들은 좁고 척박한 땅에서 먹지 말라는 것투성이인 율법을 지켜야만 했습니다. 하지만 역설적이게도 그들이 수백 년 동안 살아남을 수 있었던 이유는 바로 생물다양성을 보호하여 지속 가능한 삶을 유지한 생활 철학 덕분이라고 볼 수 있습니다. 그렇기에 이것을 이유로 기독교에게 환경 파괴 원인을 제공했다는 누명을 씌우기는 부당한 면이 있어 보입니다.

인간 집단이 지나치게 성장하면서 환경이 파괴되고 생물다양성은 급격하게 감소했습니다. 어찌 보면 우리 인간들은 하나님께서 주신 지구의 주인 및 환경 파수꾼의 역할을 잘 해내지 못한 것입니다. 다시금 고대 유대인들의 생태철학이 아쉬워집니다.

달걀이 모두 사라질 수 있어

█████████ 생물다양성이나 자연 자원 같은 보이지 않는 것들은 가치를 재고 증명하기가 복잡하고 어렵습니다. 그렇지만 최근 들어 환경경제학이 발달하면서 이런 부분들도 조금씩 체계를 잡아가고 있습니다.

경제학자 애덤 스미스Adam Smith는 저서 《국부론》에서 아래와 같이 주장했습니다.

"사회를 구성하는 개개인이 모두 자신의 이익을 위해서 노력하면 사회 전체가 부유해지고 번영하며, 그러한 과정은 이른바 '보이지 않는 손'에 의해 통제되는 시장 경제에 기초한다."

이 이론에 따르면 자유 교환에서 오는 손해와 이익은 거래 구성원에게 돌아간다고 가정할 수 있습니다. 그러나 때로 직접 교환에 관여하지 않는 이들이 손해 혹은 이익을 보는 일이 발생할 수도 있습니다. 이러한 손해나 이익을 경제학에서는 외부 효과(Externalities)라고 합니다. 대표적인 예로 인간의 경제 활동으로 인해 환경이 피해를 입는 일들을 들 수 있지요.

맑은 공기, 깨끗한 물, 비옥한 땅, 훌륭한 경관, 다양한 생물들처럼 모두가 사용할 수 있는 자원을 공유 자원이라고 합니다. 그러나 기업이나 정부, 혹은 각 개인들이 이런 자원을 해치는 경우가 있습니다. 이것을 이른바 '공공 자산의 비극'이라고 합니다.

지금으로부터 10여 년 전 우리나라에 IMF 위기가 왔을 때 그나마 다행이었던 점이 있었습니다. 물건 가격들이 급격히 올라갔지만 그중 달걀 가격은 그리 심하게 오르지 않았다는 것이지요. 달걀값이 올랐다면 달걀이 들어가는 각종 음식의 가격도 잇따라 올랐을 겁니다.

　달걀은 참 좋은 식재료입니다. 달걀 그 자체만으로도 삶거나 구워 섭취가 가능하고 또 갖가지 요리의 부재료로 다양하게 사용되기 때문입니다. 특히 서양 음식에서는 대부분의 요리에 달걀이 쓰이기 때문에 더 중요하게 여겨집니다. 그렇기에 고기로도 사용되고, 달걀도 낳아 주는 닭은 인류에게 참 고마운 존재입니다.

　그런데 이런 닭에게도 치명적인 문제가 있습니다. 바로 획일화된 유전자의 문제입니다. 인류는 오랫동안 알을 잘 낳는 닭을 인위적으로 선택해 왔습니다. 그런 탓에 지금의 닭들은 마치 복제 수준으로 유전자가 비슷해져 버리고 다양성도 잃어버렸습니다. 이렇게 형질이 비슷한 닭들은 전염병에 매우 취약합니다. 한 마리가 병에 걸리면 며칠 내로 닭장 안에 있는 닭 모두가 병에 걸리게 됩니다. 실제로 우리나라는 조류 독감이 의심된다는 신고가 접수되면 곧바로 관련된 농장에 있는 닭 전체를 땅속에 파묻도록 하고 있습니다.

　언젠가 이러한 형질에 매우 치명적인 바이러스가 나타난다면 지구 상에 있는 거의 모든 닭이 사라질지도 모르는 일입니다. 정말로 그런 일이 일어난다면 우리는 달걀 대신 메추리알만 먹어야 할 수도 있습니다. 아니면 닭의 조상 격인 동남아시아 정글에 사는 멧닭(Jungle fowl)을 데려다 우리의 조상들이 그랬듯이 시간과 노력을 들여 가축으로 다시 길들여야 할 겁니다. 만약 멧닭마저 야생에서 멸종한다면 어떻게 될까요? 인류는 달걀과 달걀이 들어가는 모든 음식을 다시는 맛보지 못하게 될 겁니다.

저는 사람들에게 환경에 대해 강의를 할 때 종종 젠가(Jenga)라는 게임을 소개합니다. 젠가 게임은 직육면체로 된 나무블록들을 가로세로로 가지런히 쌓아 탑을 만든 후 한 블록씩 빼내어 다시 위로 쌓습니다. 그러다 실수로 탑의 균형을 유지하고 있던 블록을 빼내거나, 잘못 쌓아 올려 무게중심이 흔들려 탑이 무너지게 되면 게임은 끝이 납니다.

생태계는 바로 이 젠가 게임과 같습니다. 각각의 종들이 젠가 게임의 나무블록들처럼 쌓아 올려져 생태계라는 커다란 탑을 만들고 있는 것입니다. 그리고 그중에서 균형을 유지하는 데 중요한 역할을 맡아 빠져 버리면 큰일이 나는 종들을 핵심종(Keystone species)이나 깃대종(Flagship species)이라고 합니다.

　그런데 생태학에서는 아직도 자연의 모든 종과 그에 따른 관계를 정확하게 파악하지 못했습니다. 즉 인간이 파악하지 못한 생태종이나 핵심종이 아직도 많다는 것입니다. 그렇기에 언제 어떤 종이 사라져 생태계 전체가 와르르 무너져 내릴지 아무도 알 수 없습니다.

　생태학은 돈벌이가 되지 않는 학문이라고 여겨져 사람들에게 소홀히 여겨질 때가 있습니다. 그러나 생태학은 당장 눈앞의 돈벌이가 아니라 인류 전체의 생존을 책임지는 학문입니다. 그렇기에 국가에서는 생태학을 적극적으로 지원해야 합니다.

　이제는 개발이냐 보전이냐를 따질 시기가 아닙니다. 환경을 파괴하면서 경제 개발을 달성하던 회색 성장의 시대는 지났습니다. 이제는 환경을 보전하면서 경제 개발을 도모하는 녹색 성장의 시대입니다. 왜냐하면 그렇게 해야만 우리가 생존할 수 있기 때문입니다. 보전을 생각하지 않는 개발이 계속된다면 우리의 미래도 장담할 수 없습니다.

희망의 동력으로
연주는 계속되어야 해

■■■■■■ 저는 몇 년 전부터 인도네시아 자바에 있는 구눙 할리문-살라크 국립공원(Gunung Halimun-Salak National Park)에서 자바긴팔원숭이(Javan gibbon)를 연구하고 있습니다. 자바긴팔원숭이는 현재 국제자연보호연맹에서 멸종 위기종으로 분류됩니다. 하지만 아직 이들에 대한 연구는 미진한 상태입니다. 하다못해 야생에 몇 마리가 살아남아 있는지, 행동권은 얼마나 넓은지조차 모릅니다. 그래서 자바긴팔원숭이를 복원하여 방생하고 싶어도 어느 정도 넓이의 숲을 마련해주어야 할지 판단할 수 없습니다. 그래서 우리가 하는 연구가 이들의 운명에 큰 영향을 미칠 것입니다.

생태병목현상(Ecological bottleneck)이란 어떠한 생물 종이나 분류 단위가 서식할 수 있는 범위가 제한적이거나 혹은 제한되는 것을 말합니다. 그리고 생존 개체군(MVP, Minimum Viable Population)은 어떤 개체군이 자연에서 생존할 수 있는 최소한의 수를 말합니다. 우리나라 환경부에서도 산양, 반달곰, 여우, 황새, 따오기 같은 멸종위기 혹은 멸종 동물의 복원 사업을 벌이고 있습니다. 이 같은 생태계 복원 사업을 잘 진행하려면 생태병목현상이나 생존 개체군 등에 대한 심도 있는 연구가 필요할 것입니다.

지난 2010년은 세계적인 환경 운동가 제인 구달^{Jane Goodall} 박사가 아프리카 탄자니아의 곰베국립공원(Gombe National Park)에서 야생 침팬지를 연구한 지 50년이 되는 해였습니다. 구달 박사는 자신의 침팬지 연구 반세기를 기념하며《희망의 자연 Hope for Animals and Their World》이라는 책을 출간했습니다. 이 책에는 침팬지를 비롯하여 온갖 동물들을 멸종 위기에서 구해 낸 눈물겨운 이야기가 담겨 있습니다. 그중 캘리포니아 콘도르(California condor)의 사례는 멸종 위기 동물 복원의 좋은 예시입니다.

캘리포니아 콘도르는 북아메리카에 서식하는 종인데 19세기부터 밀렵이나 납 중독, 혹은 서식처 파괴로 개체 수가 줄어들어 멸종 위기에 처했었습니다. 그리고 지금은 300여 마리가 복원되어 그중 146마리는 캘리포니아, 애리조나, 유타의 하늘을 날고 있습니다. 그러나 이만큼 개체 수가 복원되었다 해도 끝이 아닙니다. 생태적 병목을 거친 개체군은 비록 그 수가 늘었다 해도 유전적 다양성이 증가한 것은 아니기 때문입니다. 때문에 질병이나 기타 생태학적인 문제에 매우 취약합니다. 그렇기에 더욱 지속적인 연구와 관리가 절실하게 필요합니다.

제인 구달 박사가 2010년 9월에 닷새 동안 우리나라를 방문했을 때 직접 들은 이야기입니다. 곰베 50주년을 기념하는 각종 행사들이 세계에서 열렸다고 합니다. 그중 음악의 나라 오스트리아에서 특히 감동적인 일화가 있었다고 합니다.

오케스트라 연주자 72명이 드보르자크의 음악을 연주하고 있었습니다. 곡이 어느 정도 진행되고 있는데 갑자기 바이올린 연주자 한 명이 조용히 일어나 악기를 챙겨 무대를 빠져나갔다고 합니다. 잠시 후 또 다른 연주자가 마찬가지로 악기를 챙겨 무대를 떠났습니다. 연주는 계속되고 있었지만 악기와 연주자들은 하나둘씩 사라지고 있었습니다. 그러다가 연주자 12명이 남았을 무렵에는 지휘자마저 무대를 떠나고, 남은 이들이 차례로 그 뒤를 따랐습니다. 가장 마지막에는 드럼 연주자가 남아있었는데 그는 낮고 조용하게 드럼을 두드리다가 그마저도 멈추고 무대 뒤로 나가

버렸습니다. 관중들은 처음엔 영문을 몰라 어리둥절했다고 합니다. 그런데 얼마의 시간이 흐르자 서서히 이 퍼포먼스의 의미를 알아차리고 모두 눈물을 흘리고 말았다고 합니다. 저는 이 이야기에 담긴 상징성이 참 크다고 생각합니다.

앞서 저는 생물다양성 감소를 젠가 게임과 같다고 비유했었습니다. 그런데 우리 생태계는 젠가 게임의 끝처럼 굉음을 내며 한순간에 무너져 내리는 게 아닐지도 모릅니다. 악기들이 빠져나가는 와중에도 연주가 계속되는 것처럼 조용하게 끝을 향해 가고 있을 수도 있습니다. 시간이 지날수록 소리는 단선적이고 조용해질 것입니다. 그리고 끝내 연주를 할 수 없을 때 우리는 함께 사라질 것입니다.

많은 사람의 눈물겨운 노력에도 불구하고 지금 지구 곳곳에서는 많은 생물이 사라지고 있습니다. 언뜻 보기엔 희망이 없어 보이기도 합니다. 그러나 구달 박사는 이렇게 말했습니다.

"자연에게는 엄청난 회복력이 있고, 인간에게는 불굴의 의지가 있습니다. 그렇기에 우리에게는 아직 희망이 있습니다."

2009년 크리스마스 무렵 저는 구달 박사에게 이메일로

연하장을 받았습니다. 메일에는 '네 개의 촛불'이라는 파워포인트 자료가 첨부되어 있었습니다. 그 내용인즉슨 평화와 믿음, 사랑의 촛불이 차례대로 꺼진다 해도 희망이라는 마지막 촛불은 끝까지 살아남아 다시 다른 촛불들을 밝혀 준다는 것이었습니다. 우리 안에는 아직 희망의 촛불이 타고 있습니다. 모두 함께 손을 모아 이 촛불을 보듬었으면 하는 마음이 간절합니다.

Thinking 3
Explore

환경과 기후 변화

기후 변화를
방치하는 것은 자살 행위야

██████ 저는 오랜 세월 열대를 헤집고 다니며 비를 맞아 왔습니다. 열대 정글에 내리는 비는 소리부터 달라요. 마치 야생마 떼의 말발굽 소리 같기도 하고, 하늘이 땅을 향해 부르는 진혼곡 같기도 한 독특한 소리가 나거든요. 그런데 그 빗소리를 한국에서 다시 들었습니다. 1990년대

중반에 한국에 돌아와서 맞은 첫 비에서 말이에요.

제가 어릴 때에도 한국에는 장마가 있었습니다. 그렇지만 지금처럼 양동이로 쏟아붓듯 내리는 장대비는 아니었지요. 그저 오랫동안 질척질척 끝없이 내리는 조용한 비였습니다. 그런데 언제부터인가 한반도에서도 걷잡을 수 없이 내리쏟는 열대의 장대비가 내리게 된 거예요.

어떤 사람들은 열대지방은 비도 많이 오고 식물도 잘 자라는데 왜 대규모 농경을 할 수 없는지를 궁금해합니다. 그런데 사실 열대지방의 토양은 그리 비옥하지 않아요. 흙에 구멍이 숭숭 나 있어서 비가 내릴 때마다 바로바로 영양분이 빗물에 쓸려가 버리거든요. 그래서 세계적인 곡창 지대들은 거의 온대지방에 있습니다.

우리나라를 비롯한 온대지방들은 대부분 토양이 진흙입니다. 바로 그래서 문제가 되는 것이지요. 진흙이라 물이 빨리 빠져나갈 수 없는데 그 위로 야속한 열대비가 쏟아지는 것입니다. 시간이 지날수록 우리나라는 아열대성 기후로 변해 가기 때문에 이런 집중 호우가 점점 더 자주 쏟아질 것이고, 연례행사처럼 물난리가 이어질 것입니다.

미국 캘리포니아 대학의 석학 제러드 다이아몬드 교수

가 집필한 《총, 균, 쇠》라는 책이 있습니다. 이 책에서 교수는 유라시아가 인류 문명을 견인하게 된 이유를 설득력 있게 설명합니다. 그리고 이 교수는 최근 저서 《문명의 붕괴》에서 한때 화려했지만 이제는 사라져 버린 마야, 바이킹, 이스터 등의 문명이 몰락한 이유를 분석하고 있습니다. 결론은 지극히 간단하고 명확했습니다. 몰락한 문명은 한결같이 자연 환경을 파괴하면서 나아간 것이지요. 물론 그것이 유일한 원인은 아니지만 대개 그러했습니다.

지금 우리는 우리의 허파이자 간, 젖줄인 갯벌, 하천, 산림 등을 무차별로 파헤치고 끊어내고, 할퀴고 있습니다. 이것은 장기적으로 보면 자살 행위와 같습니다. 더 늦기 전에 이 광란을 멈춰야 합니다. 누가 더 잘 살고 누가 더 오래 사느냐가 걸린 일이 아닙니다. 이것을 막지 못하면 결국 우리는 다 함께 죽을 수밖에 없기 때문입니다. 너무 늦기 전에 지혜를 모아야 합니다.

이제는 온실가스 등의 영향으로 지구가 더워지고 있다는 것을 모두가 알고 있습니다. 1988년 세계 기상기구(WMO)와 국제 연합 환경계획(UNEP)이 공동으로 조직한 '기후 변화에 관한 정부 간 패널(IPCC)'에 따르면 지난 100년 동안 지표면의 평균 온도는 섭씨 0.6도 상승했다고 합니다. 우리나라도 뚜렷한 기후 변화를 보이고 있습니다. 2005년 기상청은 하루 평균 기온 5도 이하를 겨울, 20도 이상을 여름으로 정의했습니다. 봄과 가을은 그 사이 기간으로 정의됐지요. 그리고 예전과 비교해 보았을 때 1990년대에는 1920년대에 비해 약 한 달 정도 겨울이 짧아졌으며, 여름과 봄은 그만큼 더 길어졌다고 발표했습니다. 또한 겨울이 짧아지면서 기온이 상승하여 봄꽃들도 예전보다 빨리 피고 있다고 덧붙였지요.

지구 온난화 추세에 따라 해수면 높이도 달라졌습니다. 지난 100년간 해수면은 10에서 20센티미터 높아졌고, 온실가스도 증가하고 있습니다. 이 추세대로라면 2100년경에는 1990년에 비해 지구 평균 기온은 최대 5.8도, 해수면은 88센티미터 상승할 것이라고 합니다.

다보스 포럼은 세계 각국 정·재계 인사들이 모여 서로 정보를 교환하고, 앞으로 경제를 어떻게 발전시켜야 할지 논의하는 포럼입니다. 의제를 정해놓고 모이는 것이 아니라 참가자들 각자 관심이 있는 사안에 대해 자유롭게 이야기하는 모임이지요. 그중 기후 변화 문제는 2005년부터 몇 년 동안 한결같이 주요 의제로 선정되어 왔습니다. 세계 경제와 정치를 이끄는 지도자들 대부분이 문제가 심각하다고 느끼고 있는 것이지요.

기후 변화는 수출 산업에서부터 시작해 우리나라 사회 전반에 대변혁을 일으킬 것입니다. 그뿐 아니라 만약 우리나라가 온실가스 감축국으로 선정되기라도 한다면 가히 천문학적 재원이 필요하게 될 것입니다. 이에 따른 문제와 변화 역시 상상하기 어려울 정도지요.

136포럼은 바로 이 같은 위기의식을 공유하는 우리 사회 오피니언 리더들이 만든 모임입니다. 미래 세대의 복지와 행복을 담보로 개발의 굴삭을 멈추지 못하는 철없는 행위에 끊임없이 경종을 울리며 대안을 제시하는 노력을 게을리하지 말아야 할 것입니다.

다행인 것은 우리 정부도 몇 년 전부터 본격적인 대책 마련에 들어갔다는 것입니다. 여기에 민간에서도 환경 재단을 주축으로 2008년에 세계 최초로 '기후변화센터(Climate Change Center)'를 설립했습니다. 민관이 이처럼 힘을 합치면 비록 시작은 늦었더라도 차츰 해결의 실마리를 찾을 수 있을 것입니다.

밥상을 바꾸면
자연을 지킬 수 있어

■■■■■■■ 인간과 자연은 뗄 수 없는 관계입니다. 자연의 문제는 곧 인간의 문제가 되고, 인간의 문제는 곧 자연의 문제입니다.

'생태 효율(Ecological efficiency)'이라는 말이 있습니다. 자연계 먹이사슬 중 하위 단계에서 상위 단계로 전달될 때 유용한 에너지가 얼마나 위로 올라가는지 효율을 따져 이르는 말입니다. 먹이사슬 구조를 보면 1차 생산자에서 2차 생산자로, 2차 생산자에서 3차 생산자로 올라갈 때마다 전체 에너지의 10퍼센트씩만 남게 됩니다. 즉 에너지 효율이 그리 좋지 않다는 것이지요. 그래서 상위에 있는 육식 포식자가 늘어나고 식사를 많이 할수록 생태계에 큰 부담이 됩니다.

인간은 안 그래도 수가 많은데, 그 많은 사람이 대부분 육식을 하다 보니 이들의 배를 채우기 위해 그에 몇 배가 넘는 동물들이 사육되고, 그 동물들을 키우기 위한 땅과 비용과 에너지가 소모됩니다. 키워지는 동물들 또한 짧은 기간 내에 대량의 고기를 제공해야 하기 때문에 약물을 써 가며 비인도적인 방식으로 사육될 수밖에 없지요. 여기에 동물들이 뿜어대는 메탄가스의 영향도 무시할 수 없습니다. 메탄가스는 소 같은 초식동물들이 배출하는 가스인데요. 자연적인 개체 수에서 방출되는 것은 양도 적고 딱히 해가 되지 않아요. 그렇지만 인간들이 소고기를 좋아하기 때문에 세계적으로 억 단위의 소들이 키워지고 있습니다. 이때 이 소들이 내뿜는 메탄가스의 양은 상당하게 많게 됩니다. 그래서 환경이 오염되고 마는 것이지요.

단지 먹기 위해서 많은 에너지를 낭비하며 가축을 기르는 것은 생태학적으로 봤을 때 비효율적인 이야기입니다. 인간이 육식을 줄이고 채식을 늘리게 되면 그만큼 동물들도 건강해지고 생태계 파괴를 줄일 수 있게 되지요.

환경을 걱정하는 사람들이라면 생태 발자국(Ecological Footprint)이라는 말을 들어 봤을 수도 있습니다. 인간이 지구에서 살아가려면 당연히 의식주를 해결해야 하지요. 그리고 이것을 위해 자원을 생산하고 폐기하게 되는데, 이때 들어가는 비용을 토지로 환산한 지수를 생태 발자국이라고 합니다. 이와 비슷한 맥락으로 식품이 생산과 운송, 유통 단계를 거쳐 식탁에 오르는 과정에서 소요되는 거리를 '푸드 마일리지(Food mileage)'라고 합니다.

글로벌 시대가 되면서 우리의 식탁에는 전 세계의 요리가 올라오기 시작했습니다. 집 안에 앉아서 지구 반대편 나라의 음식을 먹을 수 있다는 것은 참 좋은 일입니다. 그런데 그 한 끼를 위해 너무나 많은 식재료가 먼 거리를 이동하고 있습니다. 즉 푸드 마일리지가 높은 것이지요.

그렇다면 푸드 마일리지가 높은 것이 뭐가 문제가 될까요? 포도의 예를 들어 보겠습니다. 머나먼 칠레에서 재배한 포도가 가격 경쟁력을 무기 삼아 국내 시장을 잠식하고 있습니다. 안타까운 것은 칠레에서 우리나라까지 긴 거리를 날거나 배를 타고 오면서 엄청난 이산화탄소를 배출한다는 것입니다. 게다가 포도를 상하지 않게 하려면 많은 약을 칠 수밖에 없기도 하고요. 그리고 우리는 그 사실을 알지 못한 채 포도를 먹게 되지요. 즉 푸드 마일리지가 높을수록 인간에게 별로 도움이 되지 않는다는 말입니다.

요즘은 동네 먹거리(Local food) 운동이라는 것이 일어나고 있습니다. 아무리 유기농으로 재배한 좋은 식재료라고 해도 장거리 운송을 하게 되면 모든 노력이 허사가 되기 때문에 오히려 동네에서 만든 싱싱한 식재료를 먹는 것이 건강에 도움도 되고, 운송비도 줄일 수 있다는 이야기이지요.

가까운 나라 일본의 예를 하나 들어 볼게요. 일본에서는 학교에서 우유를 먹을 때 그 지역에서 제조한 우유를 배달시켜 먹는다고 합니다. 여기에 우유 곽에 '이 우유는 나카무라 선생님이 짜 주신 겁니다.'라는 문구가 쓰어 있다고 하네요. 이 문구를 본 어린이들은 동네 주민인 나카무라 선생님에게 고마운 마음도 생기고, 나카무라 선생님 역시 동네 아이들이 마실 우유를 함부로 만들 수 없게 됩니다. 이렇듯 소비자와 생산자가 신뢰로 엮이면 저절로 그 식품이 건강에 좋을 것이라는 믿음이 생기게 되지요.

그 밖에도 동네 먹거리 운동은 장점이 많습니다. 식재료를 운송하려면 화석 연료가 들어갈 수밖에 없는데, 화석 연료를 많이 사용하면 당연히 온실가스 배출량도 늘어나게 됩니다. 하지만 가까운 동네 혹은 근교에서 생산한 식재료를 쓰게 되면 이런 것들을 줄일 수 있기에 당연히 환경에 도움이 되지요. 여기에 장거리 운송을 할 필요가 없으니 방부제도 덜 쓰게 되고, 우리는 싱싱하고 안전한 먹거리를 먹을 수 있게 됩니다.

슈퍼에 가서 포도 한 송이를 잘 사는 것만으로 우리 가족과 환경 모두에 도움이 될 수 있다니 얼마나 좋은 일인가요. 생태 발자국과 푸드 마일리지를 줄이는 것은 의외로 작은 것에서 출발한답니다.

제인 구달 박사가 쓴 《희망의 밥상》이라는 책이 있습니다. 이 책은 제가 추천사를 써준 책이기도 합니다. 이 책에서 구달 박사는 '나 한 사람이 무슨 힘이 있겠느냐?'고 생각해 주저앉지 말라고 독려합니다. 무슨 이야기냐면, 소비자 한 사람이 세상을 바꿀 수 있다는 이야기입니다.

상업은 물건을 사는 사람의 마음먹기에 따라 바뀔 수밖에 없습니다. 제조업이나 공업, 농업 역시 마찬가지입니다. 우리가 인식을 바꾸고, 밥상을 바꾸면 어쩔 수 없이 농업이 바뀝니다. 그렇다면 여기에서 기후 변화에 대처하는 실마리를 풀어나갈 수 있지 않을까요?

작은 움직임의 다른 예로 이런 방법도 있습니다. 언젠가 저는 〈벌레 먹은 과일 주세요〉라는 글을 쓴 적이 있습니다. 우리는 과일을 고를 때 흔히 매끈한 과일을 찾습니다. 과일이 매끈해지려면 벌레가 파먹어 상처가 나지 않아야 합니다. 당연히 만들기도 어렵고 농부들에게도 부담이 됩니다. 그래서 농부들은 화학 약품을 쓸 수밖에 없습니다. 하지만 실제로는 벌레가 조금 파먹은 과일이 더 건강한 과일이라고 합니다. 화학 약품을 적게 쓰기 때문이지요. 이런 사실을 인식하고, 벌레 먹은 과일들이 조금씩 우리 식탁에 올라오게 된다면 농부들도 힘들게 화학 약품을 써 가며 과일을 키우는 것이 줄어들 것입니다. 농부들도 편해지고 우리 몸도 건강해지니 일석이조의 효과이지요.

이런 식으로 한 사람 한 사람이 작은 것들에 변화를 준다면 우리의 환경도 조금씩 바뀌어 가지 않을까요?

정부가 움직이면
환경이 달라져

쿠바는 사회주의가 막을 내리면서 큰 어려움을 겪었습니다. 미국이 식량 공급을 차단하는 바람에 심각한 식량 위기를 맞은 것이지요. 당장 먹을 것이 없어진 쿠바 국민들은 어쩔 수 없이 10년 전부터 자급 농장을 열어 직접 먹을 것을 재배하기 시작했습니다. 도시 한복판까지 땅을 일궈 농사를 짓고 먹을거리를 만들었는데, 이것이 지금은 아주 좋은 효과를 거두고 있습니다. 쿠바가 졸지에 동네 먹거리 운동의 세계적인 선도국이 되었거든요.

2008년 통계에 따르면 쿠바 국민들의 평균 수명은 미국과 비슷한 수준으로 올라갔습니다. 영아 사망률은 반대로 낮아졌고요. 쿠바 사람들은 사실 1인당 에너지 사용량이 미국 사람의 8분의 1밖에 안 됩니다. 그런데 어떤 의미로 미국 사람들과 삶의 질은 비슷하게 된 것이지요. 그렇다면 우리나라의 서울 같은 곳은 어떨까요? 사실 서울은 땅 크기에 비해 사람 수가 너무 많아 건물이 들어설 자리도 없는 곳입니다. 여기에 농장을 짓겠다고 하는 것은 쉬운 일도 아니고 이로 인해 파생될 다른 문제들도 어마어마하지요.

지금 인류가 경작을 하고 있는 땅을 모두 합하면 남미 정도 크기가 된다고 합니다. 이것은 경작을 할 수 있는 땅의 80퍼센트를 이미 사용하고 있다는 거지요. 만약 지금처럼 인구가 계속 늘어나고, 그들을 먹여 살리려면 가까운 미래에 브라질만 한 땅이 또 필요해질 것입니다. 그런데 이만한 땅은 어디서 갑자기 나타나는 것이 아니지요. 즉 우리 인간에게 경작지가 절대적으로 부족하다는 이야기입니다.

　최근 새롭게 등장한 농법 중 수직 농법(Vertical farming)이라는 것이 있습니다. 나와 함께 기생충 연구를 하던 컬럼비아 대학교 교수가 고안한 방법이지요. 이 양반은 어느 날 갑자기 기생충학을 때려치우고 수직 농법이라는 기발한 아이디어를 내더니, 이제는 이 농법 전도사가 되어 전 세계를 누비고 다닙니다.

　수직 농법은 아주 간단한 발상에서 시작합니다. 시내 한복판에 고층 건물을 지어 놓고 밀폐된 공간에서 농사를 짓자는 것이지요. 처음 교수가 아이디어를 내놓았을 때 저는 교수에게 물었습니다. "당신 도대체 어디서 이런 생각을 했어?" 그러자 교수가 이렇게 말하는 것 아니겠어요? "너희 나라에도 있잖아." 무슨 말인가 했더니 계단식 논을 보고 아이디어를 얻었다는 것입니다. 비스듬하게 이어지는 논의 경사를 아예 직각으로 세워 버리면 그대로 수직 농법이 된다는 것이지요. 이렇게 밀폐해 놓고 물은 한 번만 뿌리면 되는데, 농작물을 잘 배열하면 충분히 가능한 이야기입니다. 밀폐되어 있어서 해충이 들어오지 못하고, 그래서 농약을 칠 필요도 없습니다. 여기에 밀폐 공간이라 기온이 올라가 수증기가 발생하는데 이때 천장에서 떨어지는 물들은 그냥 받아서 먹어도 될 만큼 깨끗합니다.

그 친구는 2008년 서울 국제 포럼에서 이 농법을 발표했습니다. 그리고 지금은 몇몇 지역에서 이 방법을 활용한 농지를 설치할까 말까 진지하게 고민하고 있다고 합니다. 저역시 참 재미있는 발상이라고 생각해요. 우리나라에는 아파트가 무척 많습니다. 건설사들이 이것을 아파트 사이에 한 동만 지어 놓으면 입주민들이 여기에 가서 농사를 짓는 것이지요. 각자 취향에 따라 작물을 재배하고, 그러면서 함께 농사를 짓는 사람들과 이야기도 나누면 사이도 돈독해질 것입니다. 직접 재배한 작물들을 먹는 것이니 작물들이 몸에 좋을 것은 말할 것도 없지요.

예전부터 사람들 사이에서 주말 농장이 유행하고 있습니다. 시간이 날 때 직접 농사를 지어 신선하고 깨끗한 작물을 키우고, 여기에 보람도 얻을 목적으로 하는 농장들입니다. 그런데 만약 아파트 단지 사이에 수직 농법으로 만들어진 농지가 설치된다면 어떻게 될까요? 사람들은 굳이 먼

거리를 달려 주말 농장까지 갈 필요가 없어질 것입니다. 엘리베이터를 타고 일층에 내려 조금 걸으면 바로 농지가 나오고, 농사를 마친 뒤에는 마찬가지로 걸어서 금방 집으로 돌아갈 수 있는 것이지요. 그러면 기름값도 아끼고, 배기가스도 줄이고, 여기에 들어가는 시간과 노력들도 단축됩니다. 건설사들 또한 친환경 기업으로 이미지가 좋아지니 인간과 자연 모두에게 서로서로 좋은 일이 될 것입니다.

생태계에도
복지가 필요해

■■■■■ 유럽 생태학자들이 연구하는 주제 중 'Ecological mismatch'라는 것이 있어요. 그리고 저는 이 용어를 '생태 엇박자'라는 말로 번역하곤 합니다. 이 생태 엇박자가 과연 무엇인지 잠시 이야기해보고자 해요.

기후 변화가 생물들에게 영향을 끼친다는 사실은 계속 이야기해 왔을 것입니다. 그리고 생물들 역시 이것에 반응하여 리듬을 조절하는 경우가 있지요. 철새들 중 어떤 녀석들은 기후 변화에 민감하게 반응해서 돌아오는 시기를 조절하는가 하면, 어떤 녀석들은 이렇게 기온이 바뀌는데도 예전과 같은 시기에 돌아오곤 합니다. 그런데 자연 생태계가 워낙 그물 같이 연결되어 있다 보니 문제가 생깁니다. 기온이 올라가니 식물의 잎이 일찍 자라고, 이것을 갉아먹는 곤충의 애벌레들 또한 빨리 부화해서 나비나 나방이 되어 버립니다. 빨리 날아온 철새는 때맞춰 먹이를 먹으며 살아갈 수 있지만 늦게 날아온 철새는 새끼에게 곤충을 잡아먹이려 해도 먹일 곤충들이 없어지는 것이지요. 이런 현상을 바로 생태 엇박자라고 합니다. 앞으로는 이 문제들도 굉장히 심각해질 것 같다는 생각이 들어요.

21세기 중요한 이슈로 복지 문제가 부각되고 있습니다. 또한 이의 연장선으로 선진국에서는 '후 대응(Re-active) 복지'가 아니라 '선 대응(Pro-active) 복지'로 복지의 개념이 바뀌고 있지요. 이게 무슨 말이냐 하면 문제가 생기고 난 뒤에 그에 맞춰 복지를 하는 것이 아니라, 문제가 일어나기 전에 미리 복지를 해서 문제를 예방한다는 개념입니다.

즉 국민들이 병에 걸렸을 때 치료를 해주는 것보다 질병을 예방하고 건강하게 살 수 있는 환경을 만드는 것이지요. 이 방법은 실제로도 후 대응 방식보다 예산이 덜 들어간다는 장점이 있습니다. 선진국들은 이제 후 대응 복지가 아닌 선 대응 복지 시스템으로 옮겨 가고 있습니다. 그리고 이것을 생태계, 환경 분야에도 적용할 수 있습니다. 생태계가 걷잡을 수 없이 망가질 때까지 놔두는 것이 아니라 미리 좋은 환경을 조성하고 유지해서 자연과 인간 모두에게 장기적인 복지를 마련하는 것이지요. 이와 관련된 좋은 사례를 하나 들어보겠습니다.

세계 최대 대도시 뉴욕이 살기 좋은 도시로 급부상하고 있습니다. 9·11 사태 이후 치안에 엄청난 재원을 할애하고 있기 때문입니다. 그리고 뉴욕의 자랑거리인 센트럴 파크도 한몫을 톡톡히 합니다. 센트럴 파크는 시내 한복판에 길게 드러누워 도시의 든든한 허파 노릇을 해주면서 시민들의 삶의 질을 높이고 있습니다.

2008년 센트럴파크는 150주년을 맞았습니다. 무려 한 세기 반 동안 뉴욕 시민들에게 깨끗한 공기를 제공해 준 것이지요. 몇 년 전에는 절지동물인 노래기 신종이 발견되기도 했습니다. 인간의 발길이 뜸한 오지에서나 발견되는 줄 알았는데 그 복잡한 대도시 한복판 공원에서도 살고 있었던 것이지요. 노래기가 살 수 있는 도시라면 인간도 당연히 쾌적하게 살아갈 수 있겠지요. 만약 땅값 비싼 뉴욕에 공원을 허물고 건물을 지었다면, 지금처럼 쾌적하고 아름다우며 건강한 도시는 존재하지 않을 것입니다. 센트럴 파크는 자연에게도 인간에게도 선 대응 복지의 좋은 모범이지요.

유엔에서는 벌써 여러 해 전부터 웰빙 오브 네이션스(The wellbeing of nations)라는 프로젝트를 시행하고 있습니다. 말 그대로 자연에 복지를 시행하자는 프로젝트입니다. 자연에게 복지를 하는 것이 결과적으로 인간을 위한 복지가 되기 때문입니다. 세계 복지 개념 자체가 변하고 있는 것이지요.

자연 복지 프로젝트의 일환으로 생태학자들은 전 세계 180국을 대상으로 국가 복지 수준을 조사했습니다. 우리나라는 전체 나라 중 60위였습니다. 우리나라는 그동안 사람들을 위한 복지, 그리고 후 대응 복지를 해 왔습니다. 선 대응 복지를 시행하기를 꺼려 하기 때문이지요. 단기간에 효과가 나타나는 방법이 아닌 까닭에 정책을 입안하고 집행

하는 사람들이 웬만해서 시도하려 하지 않습니다. 계산기를 두드려 보면 선 대응 복지가 돈이 훨씬 적게 들어가는데, 당장 눈앞에 보이는 성과에만 급급하다 보니 일어나는 안타까운 현상입니다.

당장 나 먹고살기도 힘든 마당에 자연에 웬 복지냐 하고 묻는다면, 저는 앞서 말했듯 생태계와 자연을 망가뜨리는 것이 결과적으로 인간을 자살로 이끄는 길이라는 대답을 할 수밖에 없습니다. 이제 인간의 복지에만 투자하는 시대는 지났습니다. 생태계를 건강하게 이끌어야 우리 인간도 건강해지고, 진정한 의미의 복지를 이끌어 낼 수 있습니다. 조금만 눈을 돌려 자연에게도, 경제적으로도 이득이 되는 일을 했으면 합니다.

지금까지 우리는 스스로를 호모 사피엔스 사피엔스, 즉 현명한 인간이라고 자화자찬하며 살았습니다. 저는 이제 호모 사피엔스 사피엔스가 아니라 호모 심비우스로 살자는 말을 하고 싶습니다. 호모 심비우스란 진심으로 환경을 생각하며 서로 공생하는 존재라는 말입니다. 변화하지 않으면 우리의 미래도 결코 밝지 않습니다.

Thinking 4
Explore

그린 비즈니스

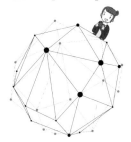

친환경 사업은
선택이 아니라 대세야

환경과 비즈니스가 과연 같이 갈 수 있을까요? 그동안은 기업 운영을 할 때 환경까지 생각하면 손해를 본다고 생각했습니다. 그런데 이것은 사실 구시대적 발상이라고 할 수 있습니다. 이제 우리는 그 인식이 틀렸다는 것을 알고 있습니다. 그리고 환경 경영을 하는 것이 실제로 더 많은 이득을 얻는다는 것을 국가와 기업이 깨닫고 실천에 옮기고 있지요.

과거에는 환경 보호가 기업 경쟁력을 올리는 데 별다른 도움이 되지 못한다는 인식이 지배적이었습니다. 그런데 지구 온난화 문제가 불거진 오늘날에는 기후 협약 같은 경제적 협약들이 많이 생기면서 기업 운영에 제약이 생겼습니다. 또한 소위 그린 비즈니스라고도 하는 친환경 사업들이 기업들에게 새로운 기회가 되고 있지요.

신재생 에너지에 대한 연구라거나, 석탄 연료가 필요 없는 전기 자동차, 친환경 주택, 저탄소 상품 등 친환경 에너지를 이용해 벌일 수 있는 사업은 무궁무진합니다. 이제껏 없었던 시장인 데다 환경까지 살릴 수 있기 때문에 이 사업들은 전 세계적으로 각광을 받고 있어요. 제너럴일렉트릭(GE, General Electric Company)이나 제너럴모터스(GM, General Motors Corporation) 같은 미국의 거대 기업도 환경 경영 투자에 적극적이라고 합니다. 즉 세계 경영의 흐름이 바뀌고 있는 것이지요.

친환경 사업은 이제 선택의 문제가 아닙니다. 어찌 보면 이미 정해진 수순이라고도 할 수 있지요. 소비자들의 인식

또한 예전과 다릅니다. 이제는 환경을 파괴하는 기업은 좋지 못한 기업이라는 인식이 있어서 안 좋은 이미지로 낙인을 찍히게 되죠. 그래서 물건을 못 팔게 되면 기업으로선 어마어마한 손해입니다. 사람들이 기업 이미지를 좋게 보게 하기 위해서라도 기업은 친환경 사업을 해야 하는 것이지요.

몇 년 전부터 소비자시민모임에서 그린 슈퍼마켓 사업을 추진하고 있습니다. 이 사업은 소비자가 유통을 바꾸면, 유통이 기업을 변화시킨다는 취지에서 시작했습니다. 무슨 이야기냐면 슈퍼마켓이나 백화점에 물건을 진열할 때 눈에 잘 띄는 곳에 친환경 제품을 놓아 많은 사람이 그 제품을 사도록 하게 하자는 것입니다. 친환경 제품이 많이 팔리고, 그렇지 않은 제품들이 덜 팔려야 기업들도 자극을 받아 친환경 사업을 적극적으로 추진하게 될 테니까요.

이러한 친환경 사업들이 더 활발해지려면 정부는 해당 기업에 인센티브를 주고, 비정부기구(NGO, non-governmental organization)에서는 소비자들에게 올바른 정보를 제공해서 이 제품들을 잘 살 수 있도록 도와줘야 합니다. 그렇다면 다음으로 소비자들에게는 어떤 역할이 주어질까요?

앞서 저는 '벌레 먹은 사과'와 식탁의 변화에 대해 이야기한 바 있습니다. 거꾸로 생각해 보면 벌레 먹은 사과는 매끈한 사과와 달리 약을 치지 않은 친환경 사과라는 이야기가 됩니다. 또 요즘에는 이런 사과들을 따로 모아 매끈한 사과보다 저렴한 가격으로 팔기도 하고, 아예 친환경 유기농 사과라는 이름으로 농약을 치지 않은 제품들을 내놓기도 합니다. 소비자들은 조금 덜 예쁜 이 사과들이 몸에 좋은 친환경 사과임을 이해하고 이런 과일들을 찾아 먹으면 됩니다.

열 명의 사람이 가게에서 친환경 제품을 찾으면 가게 주인도 인기 있는 친환경 제품들을 많이 가져다 놓게 됩니다. 그렇게 되면 물건을 만드는 사람도 잘 팔리는 물건을 더 많이 만들게 될 수밖에 없지요. 그리고 환경 친화적이지 못한 기업들의 제품은 더 이상 시장에서 살아남기 힘들어질 것입니다. 소비자들의 작은 선택 하나하나가 모이면 골리앗 같은 거대 기업도 움직일 수밖에 없습니다.

환경 사업은
국가의 운명을 결정하기도 해

███████ 많은 사람이 중국이 세계의 중심이 될 것이라고 말합니다. 그러나 한편으로는 과연 그렇게 될까 하며 의구심을 갖기도 하지요. 그 이유는 바로 환경 문제 때문입니다.

경제 발전만을 놓고 보았을 때 중국은 자본주의와 사회주의의 장점을 살려 어느 정도 성공을 거두고 있습니다. 하지만 그 이면에는 날이 갈수록 커져 가는 빈부 격차와 사회 불안정 문제가 자리하고 있습니다. 더불어 사막화 문제나 대기 오염 등 환경 파괴가 매우 심각한 상황이라 주변국의 원성도 많이 사고 있지요. 그런데 이제는 환경을 마구 파괴하면서 경제 발전을 이룬 나라가 성공하는 시대는 지났습니다. 환경은 어떤 것보다 중요한, 기본적인 자원이고 그 자원을 잘 지켜나가는 나라가 장기적 성공을 이뤄나갈 수 있지요.

앞에서도 소개했던《문명의 붕괴》의 저자인 다이아몬드 교수는 중국이 세계의 중심이 될 가능성은 낮다고 역설합니다. 그 이유 역시 환경 문제 때문입니다. 교수는 자신의 책에서 문명이 붕괴하는 다섯 가지 이유를 들고 있는데 그중 하나로 환경 문제를 꼽습니다. 자신의 환경을 파괴한 문명은 결국 붕괴한다는 것입니다. 중국 역시 이런 지적들을 좌시하지 말아야 할 것입니다. 문제들을 이대로 방치한다면 서서히 곪아 가다가 언젠가 어떤 방식으로든 터져 버리고 말 테니까요.

그래서인지 중국은 몇 년 전부터 환경 문제에 어마어마한 연구비를 투자하고 있습니다. 중국 과학원에 들어가는 예산이 조금씩 늘더니 앞으로 매년 30퍼센트씩 늘 것이라는 이야기가 있습니다. 물론 연구 성과는 돈으로 판가름할 수 있는 것이 아니지만 최첨단 연구일수록 연구비에 따라 결과가 달라질 수 있지요. 또한 대세가 친환경 에너지 쪽으로 기우는 모양새라 중국 정부 역시 결과적으로는 신재생 에너지, 친환경 사업으로 밀고 나가고 있다고도 볼 수 있습니다.

2011년 3월, 일본에서 돌이킬 수 없는 원전 사고가 있었습니다. 이 사건을 계기로 일본은 에너지 시스템 자체에 변화를 줄 것으로 보입니다. 일본은 사고 이전까지 에너지 발전의 30퍼센트를 원자력 발전에 의존했습니다만 앞으로 이것을 신재생 에너지로 천천히 교체해 나갈 것으로 보입니다.

일본의 사고를 계기로 독일에서는 원자력 발전을 중단하겠다는 선언을 하기도 했지요. 중국은 대규모 투자로 이 문제를 해결하며 진정한 강자로 치고 올라오려 하고, 일본은 끔찍한 사고를 전화위복의 디딤돌로 삼아 일어날 것으로 보입니다. 그래서 우리나라는 중간에서 이도 저도 아닌 상황이 되는 게 아닌가 걱정을 많이 합니다. 이러한 시점에서 우리나라는 어디로 나아가야 할까요?

우리나라 정부는 아직까지 원자력 발전을 포기하지 못하고 있습니다. 우리나라는 최근에서야 겨우 원전 수출로 재미를 보았거든요. 그러다 보니 놓기는 싫고, 정부에서는 이것으로 어떻게든 돈을 더 벌어야겠다고 생각하는 모양입니다.

과거 프랑스에서 초음속 여객기인 콩코드를 개발할 때 미국과 영국은 그것을 지켜보다 안 되겠다 싶어 발을 뺐습니다. 그러나 프랑스는 투자한 돈이 아까워 발을 빼지 못하다 나중에 엄청난 손해를 보았지요. 이것을 모티프로 진화생물학에 '콩코드 효과'라는 말이 생겼습니다. 진화 과정에서 자신이 투자한 것이 아까워 그 상태로 머물다 보면 멸종하고 만다는 말입니다. 동물들은 무엇을 하다 잘못됐다고 판단하면 그 순간에 바로 빠져 버립니다. 그런데 인간은 생각이 많은 동물이라 투자한 것에 미련이 많고 쉽게 손을 놓지 못합니다.

원전 사업으로 수익을 내려면 원전 시장이 형성돼야 합니다. 그런데 이 시장에서 일단 일본과 독일이 빠져나갔습니다. 시장이 점점 줄어드는 것이지요. 그런데 그 시장에 아직 매달려 돈을 벌어 보겠다고 하는 것은 현명하지 못한 판단이라고 생각합니다.

저는 우리 국민이나 기업보다 정부가 더 뒤처졌다고 생각합니다. 원전은 우리 자손의 안녕을 담보로 하는 것입니다. 수천 년이 흐를 동안 원전 사고가 절대로 일어나지 않으리란 보장은 없습니다. 우리는 내 자녀가, 손자 손녀가, 다음 세대가 어떻게 될지도 생각해야 합니다. 다음 세대가 원자력 때문에 고통을 받을 수도 있다는 것을 깨달아야 합니다.

그래서 정부에 이런 점을 함께 논의하자고 해도 아예 이야기를 나누는 것 자체를 꺼려합니다. 대개는 자신이 없는 사람들이 이런 반응을 보이는데, 개인도 아닌 정부가 왜 자신이 없는 것인지 안타까운 마음이 듭니다. 국민과 항상 토론하고 새로운 길을 찾아가려고 하다 보면 환경 문제는 저절로 풀어갈 수 있을 텐데 말입니다.

Thinking 5
Explore

의생학

당장 돈을 못 벌면
써먹을 수 없는 공부일까?

███████ 저는 생태학, 동물행동학 또는 사회생물학
을 하는 사람입니다.

이제는 생명과학의 시대라고 합니다. 그런데 정작 제가
하는 생물학은 여전히 손가락을 빨고 있습니다. 이른바 첨
단생명과학 축에 끼지 못하기 때문입니다.

동물행동학이 인간 사회에 최초로 등장한 시기는 아마 동굴 시대일 것입니다. 당시 인간들은 먹고살기 위해 동물을 잡아먹으면서도, 한편으론 몸을 지킬 수단이 적어 동물을 피해 다니기도 해야 했습니다. 그러다 보니 자연스레 동물의 행동을 관찰할 수밖에 없게 됐죠. 그리고 먹을 것을 구하기 위해서는 동물의 행동 패턴을 면밀히 살펴야 했습니다. 예를 들어 사슴을 잡아야 하는데, 무작정 밖에 나가 돌아다닌다고 해서 사슴을 잡을 수 있는 게 아닙니다. 기껏 숲을 뒤져서 사슴을 찾고, 그걸 잡으려고 뛰어다닌다 해도 사슴은 몸놀림이 재빨라 인간이 쉽게 따라잡기 어렵기 때문입니다.

그런데 사슴의 행동을 자세히 관찰하여 그들이 자주 나타나는 장소를 알아내거나, 생활 패턴을 보아 사슴 무리의 움직임을 예측할 수 있게 되면 보다 쉽게 사슴을 찾아낼 수 있게 됩니다. 그리고 당연히 사냥에 실패할 확률도 줄어들게 되지요. 그러다 보니 이런 것을 열심히 공부한 무리가 더 좋은 환경에서 살아가고, 동물 행동을 잘 아는 사람이 대우를 받을 수 있었습니다. 요즘 말로 하자면 잘 나가는 학과였다고 할 수 있지요.

그런데 세월이 지나면서 인간은 예전처럼 직접 사슴을 사냥할 필요가 없어졌습니다. 한때 생활에 도움이 되는 실용학문이었던 동물행동학은 이제 '당장 먹고사는 데 별 도움이 안 되는 호사스런 학문'이 되어 버렸지요. 이제는 동물행동학이라는 말을 들으면 '재미있어 보이긴 한데 저걸 어디다 써먹나'라는 생각이 든다고 합니다.

제가 서울대학교에 있을 때 일입니다. 그때 생명과학부라는 거대한 하나의 학부 아래 여러 학부를 묶어야 하는 상황이 있었습니다. 한 학부 아래 네 학과를 묶어야 했는데, 비슷한 과목을 한 과목으로 통합해야 했습니다. 상황이 이렇게 되면 학자 네 명이 모여 공동 강의를 하는 것이 좋겠지만, 한국의 대학 교수들은 자기 과목에 대한 자부심이 대단해서 아무리 회의를 해도 과목 수가 줄어들지 않았습니다. 저는 너무 답답해져서 제가 맡고 있던 동물행동학을 없애겠다고 폭탄선언을 해 버렸습니다. 유일한 전공과목이었는데 폐지하겠다고 말을 해 버리니 일순간 분위기가 숙연해졌습니다.

다음 날 교수들이 다시 모였는데, 본인들 과목을 되살려

줄 것을 요구했습니다. 전날 회의 뒤로 각자 과에 돌아가서 엄청 깨진 모양이었습니다. 심각한 상황을 간파한 어느 학과에서 노교수 한 분이 대표로 나왔습니다. 나이를 무기 삼아 다른 학과를 제압하려는 것이었지요. 그는 대뜸 "동물행동학 같은 건 재미로 하는 건데 없애지요."하고 말했습니다. 그러자 신경생물학과 교수들이 벌떼처럼 달려들어 그 말에 반박했습니다. 신경생물학은 생물학의 꽃인데, 그걸 하려면 동물행동학이 반드시 있어야 한다는 것이었습니다. 머쓱해진 노교수는 "나는 중요하지 않다는 게 아니라 그저 동물행동학이 재미가 있다고 말한 것뿐이야."라며 상황을 마무리 지었습니다.

동물행동학이 재미있는 학문인 것은 틀림없습니다. 그렇지만 저는 여기에서 나아가 동물행동학이 실용적인 학문이 될 수 있으며, 지금은 그것을 좌우하는 기로에 놓여 있다고 생각합니다.

저는 그동안 여러 글을 써 왔습니다. 그리고 그 글들의 주제는 하나같이 '자연에서 배워라'입니다. 동물들은 생각보다 대단한 존재라서 인간이 배울 점이 많습니다. 그렇기에 우리 인간들은 자연을 적극적으로 들여다보며 동·식물에게서 배울 점을 얻어야 합니다.

10여 년쯤 전에 저는 의생학疑生學이라는 새로운 학문 분야를 구상했었습니다. 인문학과 자연과학을 공학의 실로 꿰어 보자는 취지였지요. 의생학의 '의'라는 글자는 헤아릴 '의(疑)'자를 쓰는데, 다르게 말하면 흉내 낸다는 뜻이 있습니다. 의태어 또는 의성어라는 단어에도 같은 한자가 쓰입니다.

의생학을 활용한 쉬운 예로는 우리 가방이나 옷, 신발 등에 많이 사용하는 벨크로(Velcro)의 발명이 있습니다. 편한 말로 찍찍이라고도 하지요. 이것은 스위스 사람인 조르주 드 메르스탈 George de Mestral이 산우엉의 씨를 보고 이를 모방하여 만든 것입니다.

메르스탈이 어느 날 숲에서 사냥을 하고 돌아왔더니 옷에 산우엉 씨가 가득 붙어있었다고 합니다. 그래서 이것을 떼어내려 하는데, 생각보다 잘 떨어지지 않는 것이었지요. 이에 의문을 가지고 자세히 들여다보니 씨에 작은 갈고리가 달려 있었다고 합니다. 갈고리를 이용해 동물의 털에 달라붙어서 먼 곳으로 이동할 수 있도록 진화한 것입니다. 메르스탈은 이를 응용하여 찍찍이라고 하는 벨크로를 만들었고, 현재 이것은 우리 생활 곳곳에서 유용하게 잘 사용되고 있습니다. 의류나 잡화 등에는 물론이요, 인공 심장의 심실을 접합하는 데까지 사용되고 있다고 합니다.

그 밖에도 우리 생활에는 자연을 모방하여 만든 것들이 많습니다. 거미줄을 모방하여 만든 강철 섬유, 광합성을 하는 식물의 잎을 모방한 태양 전지 등 참으로 다양한 종류가 있지요.

이렇게 공학과 생물학의 아름다운 통섭이 일어나고 있습니다. 거기에 인문학의 향기를 더하면 그야말로 금상첨화겠지요. 이러한 취지를 살리고자 저는 몇 년 전부터 의생학연구센터(The Center for Biomimicry and Ecologic)를 만들어 자연의 아이디어를 배우고 있습니다.

앞으로는 자연을 모방하는 것을 넘어 궁극적으로 자연계의 섭리를 배워야 합니다. 동물들은 어떻게 사는지, 그들의 사회가 어떤지를 연구하는 것은 인간 사회 발전에도 큰 도움이 됩니다. 즉 알고 보면 써먹을 데가 많은 학문이란 이야기입니다.

기초학문은 그래서 중요합니다. 당장 눈으로 보기에는

재미나 있어 보이지 먹고사는 데 아무런 쓸모 없이 여겨지지만, 먹고사는 데 도움이 되는 학문의 뒤를 잘 살펴보면 기초학문에서 출발하는 경우가 많습니다. 혹은 기초학문에서 무언가를 응용하는 경우도 많습니다. 그래서 학문은 고르게 발달해야 합니다. 이 사실을 알리기 위해 지금도 저는 열심히 뛰어다니고 있습니다.

자연을 모방하면
쉽게 해답을 찾을 수 있어

■■■■■■■■ 우리는 아이디어 시대를 살아가고 있습니다. 어떤 것에 대해 아이디어를 떠올리는 것은 소위 '짜낸다'고 표현할 만큼 어려운 일입니다. 그런데 여기에서 우리 인간들이 간과하는 것이 있습니다. 그것은 바로 문제가 생겼을 때 그것을 인간 혼자서만 해결하고, 인간 안에서 답을 찾아야 한다고 여기는 것입니다.

우리 인간은 자연계 안에 있는 수많은 종 중 하나일 뿐입니다. 지구는 인간 외에도 엄청나게 많은 종이 살고 있지요. 그들은 수억 년 동안 그들 나름의 문제를 풀면서 지금까지 생존해 왔습니다. 그렇기에 그들의 존재와, 그들이 지금껏 내놓은 해답들은 인간에게 기가 막히게 좋은 참고 자료가 됩니다.

우리는 어떤 아이디어를 내놓으면 그것을 검증하는 과정을 거칩니다. 과연 이것이 안전한지, 성공적일 것인지 등등을 말입니다. 그런데 이 검증 기간은 실제로 얼마 되지 않아서 시간이 흐르고 난 뒤에도 과연 성공적일지는 알 수가 없습니다. 그러나 자연에 있는 아이디어는 수억 년 동안 진화를 거쳐 지금까지 온 것입니다. 그 긴 시간 동안 실패한 것은 이미 사라지고 나름의 조건에서 성공한 것들만이 지금껏 살아남았지요. 즉 자연에서 벌써 수많은 시행착오와 검증의 과정을 거친 것들이란 겁니다. 그렇기에 이것을 그대로 가져다 쓰기만 해도 성공할 확률이 급격히 높아지는 것이지요.

앞서 의생학에 대한 이야기를 잠깐 했었습니다. 의생학은 자연을 모방하는 학문, 좀 더 노골적으로 말하자면 자연을 표절하는 학문이라고도 할 수 있습니다. 영어로는 바이오니어링(Bioneering)이라고 하면 좋을 듯싶네요. 여기에 의생학자는 바이어니어(Bioneer)라고 부르면 될 것 같은데, 이 말은 1990년 영화 제작자이자 환경 운동가인 케니 오수벨 Kenny Ausubel이 생물학 개척자(Biological Pioneer)를 지칭하기 위해 만든 용어이기도 합니다.

의생학은 어느 천재 한 사람이 우연한 기회에 자연에서 아이디어를 발견해내는 것을 기다리기보다, 직접 눈을 부릅뜨고 자연으로 답을 찾으러 뛰어들자는 취지로 만들어진 학문입니다. 세계 학계에서는 이런 연구를 체계화시키려 하고 있습니다.

2006년 미국 〈타임〉지에서 선정된 '올해의 발명품'에 미국 스탠퍼드 대학 기계공학과에서 박사 과정을 밟고 있던 김상배 연구원의 발명품이 선정되었습니다. 김 연구원이 만든 것은 '끈적이 로봇(Stickybot)'이라는 것으로 발바닥에 수백 개의 인공 미세 섬모가 붙어 있어 1초에 4센티미터의 속도로 유리와 타일 같은 미끄러운 벽을 유유히 기어 다닙니다. 그리고 이 로봇은 열대지방의 건물 벽과 천장을 자유자재로 기어 다니는 도마뱀붙이(Gecko)의 발 구조를 모방하여 만들어졌지요.

미국 국방부에서는 그의 발명품을 스파이 로봇으로 활용할 방법을 구상하고 있다고 합니다. 작은 인공 도마뱀을 적진 깊숙이 침투시켜 바닥이든 벽이든 자유자재로 돌아다니며 사진을 전송하게 하는 것입니다. 설령 발각되더라도 로봇이기 때문에 누가 보냈는지, 무엇을 하고 있었는지 자백하게 할 수도 없는 노릇이지요.

기업에서도 이미 의생학을 실천하고 있습니다. 그러나 이론적 배경이 부족해서 아무거나 적용해 보자는 식으로 일을 추진하는 문제가 있지요. 그래서 학계에서 이것을 체계적으로 뒷받침해주어야 합니다. 내 연구실에는 온갖 분야의 학자들이 모여 다양한 토론을 합니다. 우리는 기업이나 사회, 재단 이런 곳에서 대책을 요청할 때 바로 해결책을 줄 수는 없습니다. 그러나 자연에서 아이디어를 가져와 쓸모 있는 곳에 연결해줄 수는 있습니다.

연구비 없이는
연구 성과도 없어

███████████ 제가 서울대학교 생명과학부에 재직하던 시절 음향공학을 전공하는 서울대 공대 성굉모 교수가 매미 연구를 함께하자고 제안한 적이 있습니다. 스피커는 엄청난 전력을 소비해야 겨우 소리를 낼 수 있는데, 매미는 기껏해야 나무즙이나 빨아 먹으면서 귀가 따가울 정도로 소리를 내는 것이 신기했다고 합니다. 그래서 매미의 발성 메커니즘을 연구하여 신개념 스피커를 만들어보자는 것이었습니다.

교수는 신이 나서 제게 이것저것 설명을 했고 저는 가만히 듣고 있다가 교수에게 대답을 했습니다. "저는 왜 매미들이 제각각 노래를 하다가 시간이 지나면 거의 예외 없이 합창을 하는지, 그러다가 왜 한순간에 뚝 멈추는지 그런 것들이 궁금한데요."

그러자 교수는 제게 "아, 왜 자연대 교수들은 돈이 될 법한 연구를 하자고 하면 못 들을 말을 들은 것처럼 귀를 씻는지 알다가도 모르겠네." 라며 섭섭해 했습니다.

이때 저는 순수과학을 하는 사람은 말 그대로 순수하게 과학만 연구해야 한다고 생각했습니다. 돌이켜 보면 어리석은 짓이지요. 지금 생각해 보면 인간이 자연에게서 배워 보고자 하는 시도였는데 말입니다.

지금 저는 순수과학을 하는 사람이라는 시답잖은 자존심을 버렸습니다. 제가 몸담고 있는 생물학 분야도 충분히 돈이 될 수 있고, 돈이 되는 연구를 하는 것이 비난받을 일은 결코 아니라는 걸 깨달았기 때문입니다.

지금이야말로 자연으로 다시 눈을 돌릴 때입니다. 저는 자연에서 아이디어를 얻고 싶은 사람들과 이야기할 의사가 많습니다. 그렇기 때문에 요즘은 기업 쪽으로도 뛰어다니고 있습니다. 이미 몇몇 기업들은 저와 같이 일을 하고 있기도 합니다.

그런데 여기에서도 짚고 넘어가야 할 점이 있습니다. 저와 같은 사람이 하는 연구에는 연구비를 잘 안 준다는 것입니다. 그래서 학문이 쉽게 사장되지요. 물론 순수과학의 도움이 필요하면 언제든 도와줄 수 있습니다. 그렇지만 공짜로 도움을 바라면 도와주고 싶어도 방법이 없다는 이야기입니다. 당연한 이야기지만 모든 연구에는 돈이 들어가기 때문입니다.

연구를 후원해주고 아이디어를 얻어 가거나, 목표가 같은 사람들끼리 연구비를 십시일반 모아 공동 연구를 하거나 하는 등 방법이 있어야 합니다. 연구 없이 아이디어부터 대뜸 내놓으라고 하는 것은 도둑놈 심보와 같습니다. 또한 주고 싶어도 내놓을 것이 아무것도 없게 되기도 합니다.

Thinking Explore 6

반려동물

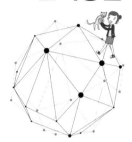

동물은 정말
이성이 없을까?

███████ 동물과 인간을 구분할 때 흔히 이성이 있
느냐 없느냐를 기준으로 삼곤 합니다. 그렇다면 정말로 이
성이 인간을 특별한 존재로 만들어 주는 것일까요? 그리고
과연 동물에게는 이성이 없을까요?

흔히 이성은 생각하는 능력이고 감성은 자극에 대한 반

응이라고 나누어 이야기하곤 합니다. 그렇지만 저는 이성과 감성을 구분하는 기준을 어디에 두어야 할지 난감할 때가 있어요. 철학자들이 말하는 이성과는 범위에서 차이가 있겠지만 저는 동물에게도 이성이 있다고 생각합니다.

박쥐는 초음파를 발사해서 먹이인 나방을 찾아내지요. 그런데 재미있는 것은 나방도 이 초음파를 감지한다는 것입니다. 초음파를 느낀 나방은 박쥐가 위치를 찾기 어렵도록 불규칙하게 움직이며 도망칩니다. 그러면 박쥐는 또 나방의 불규칙한 패턴을 예상해서 움직이지요. 그렇다면 박쥐와 나방은 과연 감성과 이성 중 무엇에 따라서 행동한 것일까요?

인간에 가까운 대표적인 동물로는 침팬지가 있습니다. 그러면 침팬지도 동물이니 본능이 시키는 대로만 행동할까요? 결코 아닙니다. 침팬지도 나름대로 하고 싶은 것이 많은 동물입니다. 그러나 이것을 다 하지 못하고 참으면서 살아갑니다.

저는 집에서 닥스훈트 열 마리를 키웁니다. 개를 키워 본 사람들은 알겠지만 세상에 똑같은 강아지는 없습니다. 제가 키우는 개들도 열 마리 모두 개성이 있고 행동하는 방식도 다릅니다. 어떤 녀석은 매일 눈치를 살살 보고, 어떤 녀석은 천방지축 말썽쟁이입니다. 제가 한 녀석을 더 많이 쓰다듬어 주면 다른 녀석이 금방 삐쳐 돌아섭니다. 또 어느 한 녀석을 많이 예뻐해 주면 그놈은 나를 믿고 기세등등해져서 다른 개들에게 으르렁거립니다. 열 마리를 공평히 예뻐하는 게 쉬운 일은 아닙니다. 각자 고무공처럼 다른 곳으로 통통 튀는 탓에 힘들기도 합니다. 하지만 그만큼 재미도 느끼고 보람도 얻습니다.

동물은 로봇처럼 어떤 자극이 들어오면 자극에 따라 반응하는 존재가 아닙니다. 저는 이성이 '인간에게만 있는 독특한 속성'이라 여기는 것을 편견이라고 생각해요. 진화의 관점에서 보자면 이성이란 '어떤 속성이 인간에게서 굉장한 수준으로 발달한 것'뿐입니다. 즉 인간에게서 유독 발달했을 뿐이지 다른 동물에게도 어느 정도의 이성은 존재한다는 이야기지요.

동물은 내 마음대로 할 수 있는
장난감이 아니야

■■■■■■■■ 요즘은 사람들이 바쁘고 치열하게 살다 보니 메마른 감성을 채우고자 반려동물을 많이 기릅니다. 현대 사회는 점점 자연에서 멀어지고, 하루하루 복잡해지고 있습니다. 사람이 늘어나면서 익명 사회로 변해 가는 데다 인간관계의 범위는 점점 줄어드니 외로운 사람들이 늘어나게 됐지요. 그래서 사람들은 자신이 원하는 관계를 종종 말 못하는 동물과의 사이에서 찾곤 합니다.

그런데 보통 반려동물을 들일 때 동물이 인간에게 줄 즐거움에 대해서만 생각하고, 반대로 그들의 기쁨이나 행복에 대해서는 깊이 생각해보지 않는 실수를 많이 합니다. 쉽게 말하자면 동물이 재롱을 부려 사람을 사랑해줄 것만 생각하는 것이지요. 그러다 보니 정작 동물이 사람에게 사랑을 주지 못하거나 사람이 동물을 더 보살펴주어야 할 상황이 생겼을 때 적절한 대처를 하지 못하게 됩니다.

예를 들어 동물 병원은 사람 병원보다 돈이 많이 듭니다. 그러다 보니 반려동물이 아파서 생각보다 병원비가 많이

들게 되었을 때 당황해서 동물을 버리는 사람들이 있어요. 혹은 이사를 가야 하는 등 반려인의 신상에 변화가 생기거나 예상치 못한 어려움이 닥쳤을 때 적절한 대처를 하지 못하고 동물을 유기하기도 합니다. 이렇게 동물을 인간의 소유물로 여겨 함부로 버리거나 보내는 행위가 과연 괜찮은지 생각해 보게 됩니다. 동물연대에서는 키우던 동물을 다른 사람에게 주는 행위는 그 동물을 버리는 것과 같다고 이야기합니다. 과연 동물의 권리는 어디까지 인정되는 것일까요.

저는 사람이든 동물이든 누군가를 기르려면 책임감이 있어야 한다고 생각해요. 요즘 이혼율이 증가하면서 방치되는 아이들이 늘고 있는데, 우리나라보다 이혼율이 훨씬 높은 나라에서도 유래를 찾아볼 수 없는 일입니다. 저는 이것이 우리나라 고유의 사회 풍조와도 관련이 있다고 생각해요. 동물이든 사람이든 자신이 마음대로 할 수 있는 소유물이라고 생각하고, 본인의 손익을 우선으로 계산하는 어른들의 나쁜 습성에서 비롯된다고 봅니다.

인간은 다른 동물들에 비해 공감 능력이 탁월합니다. 그런 인간이 동물들의 심정을 헤아리려 하지 않는 것이 참 안타까워요. 제가 개를 키우니 개의 예를 들겠습니다. 알다시피 개는 충성심이 강한 동물이지요. 그렇기에 오랫동안 충성하며 함께 정을 나눈 사람과 갑자기 헤어지게 되면 큰 충격을 받습니다. 물론 피치 못할 사정이 있어서, 어쩔 수 없어서 그러는 거야 이해할 수 있습니다. 하지만 그런 것이 아님에도 마치 물건을 넘기듯 키우던 개를 남에게 넘기면서, 그것이 개에게 어떤 영향을 끼칠지 고려하지 않는다는 건 좋지 못하다고 생각해요. 또한 고양이는 개보다 영역을 중요하게 여기는 동물입니다. 그렇기에 유기됐을 때 개보다 더 치명적인 타격을 입지요.

적어도 인간이라면 반려동물을 들이기 전에 동물에 대해 알려고 하고, 고민한 다음 결정을 내려야 합니다. 요즘은 인터넷이 발달해서 조금만 검색하면 관련 지식들이 쏟아집니다. 그런데 최소한의 노력도 하지 않으면서 무턱대고 키우다가 나중에 동물이 마음에 안 든다고 무책임하게 버리거나 떠넘기는 사람은 동물을 키울 자격이 없다고 생각해요.

다행인 것은 요즘은 문화가 바뀌면서 동물 유기 문제가

조금씩 개선되고 있다는 겁니다. 카라(KARA, Korea Animal Rights Advocates)나 동물자유연대 같은 시민단체들에서 이 부분에 대한 인식을 바꾸려 하고 있습니다. 유명 연예인들이 자신의 반려동물과 함께 매체에 나와 건강한 반려동물과의 삶도 알려주고, 유기동물 문제에 대해서 이야기하기도 합니다. 서울시에서도 몇 년 전에 동물보호과를 신설하기도 했지요. 가까운 미래에는 동물에 대한 인식과 권리가 더욱 나아져 있기를 바랍니다.

반려동물과 잘 지내려면
서로를 잘 알아야 해

저는 동물을 키우려면 그 동물에 대해 최소한의 지식이 있어야 하고, 또한 그 동물의 마음도 헤아릴 줄 알아야 한다고 생각합니다. 특히 요즘에는 고양이를 키우는 사람들이 점점 늘어나는데, 예쁘다고 해서 무턱대고 고양이를 들이는 것은 삼가야 합니다.

우리나라는 예로부터 고양이를 영물로 여겨서 가까이 두고 기르는 것을 선호하지 않았어요. 그런데 이제 고양이는 젊은 사람들의 기호와 잘 맞아 떨어지는 반려동물이 되었고, 점차 함께하는 사람들이 늘며 각광받고 있지요. 그런데 문제는 고양이를 키우는 사람이 적다 보니 그저 개와 비슷할 것이라고 생각하고 들였다가 어려움이 생기는 경우입니다.

고양이는 다른 반려동물과 비교해 기르는 데 노력이 덜 들어갑니다. 알아서 몸을 씻고, 화장실도 잘 가리기 때문이지요. 여기에 독립적인 동물이어서 너무 가깝지도 멀지도 않은 적당한 거리를 유지할 수 있다는 장점도 있어요. 고양이를 길러 본 사람이라면 알겠지만 너무 가까이 다가가서 과도하게 예뻐하면 오히려 반려인을 피합니다. 그런데 적당한 거리를 두고 있으면 오히려 고양이가 먼저 다가와 애교를 부립니다. 마치 '감히 네가 나를 좋아하지 않다니, 있을 수 없는 일이야!'라는 태도로 말이지요. 그리고 이런 매력에 빠져 고양이를 기르는 사람이 많지요. 물론 안 그런 고양이도 종종 있긴 해요. 시종일관 인간에게 달라붙어 예뼈해 달라고 야옹거리며 애교를 떠는 고양이의 탈을 쓴 개들도 있습니다. 그렇지만 이런 경우는 일부분이고 대개 고양이들은 인간과 거리를 유지하며 소위 말하는 '밀당'을 하곤 합니다.

그리고 바로 이런 점이 매력적으로 느껴져 고양이를 기르는 사람이 많습니다. 그런데 고양이는 장점만큼이나 단점도 많습니다. 대표적인 것이 털 문제이지요. 인터넷을 조금만 살펴봐도 고양이를 키우는 사람들이 털 때문에 많이 힘들어한다는 것을 알 수 있습니다. 고양이는 개보다 두 배 이상 털을 뿜어내기 때문에, 사람이 조금만 치우는 것을 소홀히 하면 금방 온 집안이 털투성이가 되어 버립니다. 옷가지는 물론이요, 소파나 침대에도 털이 가득 묻습니다. 그래서 기관지가 약하거나 털 알레르기가 있는 사람은 고양이를 들이기 전에 신중을 기해야 합니다. 여기에 모래에 변을 보기 때문에 고양이가 화장실에 드나들면서 모래를 묻히고 다녀서 집안이 모래 천지가 되기도 합니다. 더불어 변을 잘 안 치워줘서 화장실이 더러우면 종종 다른 곳에 변을 보아 사람을 곤란하게 하기도 합니다. 기르는 노력은 덜 들지만 그만큼 손이 잘 간다는 것이 고양이의 단점입니다.

성향이 맞는다면 고양이와 사람은 서로에게 필요한 존재라고 할 수 있지요. 하지만 이런 점들을 고려하지 않은 채 예쁘다고 덜컥 고양이를 들이게 되면 추후 발생하는 각종 문제로 사람과 고양이 모두 힘들어집니다. 이 과정에서 버려지는 고양이들이 상당하기도 하지요.

그래서 반려동물을 들일 때에는 먼저 자기 성향이 어떤지, 주거 환경은 어떤지, 생활방식은 어떤지 파악해야 합니다. 앞서 말했듯 자신의 영역과 시간을 적당히 보장받고 싶어 하는 사람에게는 고양이가 아주 좋은 친구가 될 수 있어요. 하지만 외로움을 잘 타는 사람에게는 사랑을 더 많이 주고, 사람의 손길을 많이 원하는 개가 오히려 더 잘 맞습니다. 반려동물을 데리고 이사를 해야 하는 경우에도 개와 고양이를 대하는 방식이 달라집니다.

개는 사회적인 동물이라 영역보다는 관계가 더 중요한 동물입니다. 그래서 자기가 살던 곳에서 새로운 곳으로 옮겨 가도 시간이 지나면 조금씩 적응하며 잘 지냅니다. 물론 이사가 아니라 아예 훈련소 같은, 다른 개들이 많은 곳으로 보낼 때에는 서열 문제가 있어서 처음엔 다툼도 있고 하겠지만요. 그렇다 해도 고양이에 비해 새로운 환경에 비교적 잘 적응하는 편입니다.

　반면 고양이는 머물던 장소에 대한 애착이 매우 강합니다. 고양이들은 다른 동네 고양이들과 소리로 교류를 하곤 하는데, 집 안에서 생활하는 고양이라 해도 이것으로 스트레스를 받는 경우가 있습니다. 그래서 고양이를 키우는 사람이 이사를 갈 때에는 개와는 달리 특히 신경을 더 써 주어야 합니다. 그래서 고양이를 키우려면 가급적 이동이 잦은 사람보다는 주거지가 일정하게 고정된 사람이 기르는 것이 좋습니다.

최선을 고를 수 없다면
차선을 선택해도 괜찮아

　█████████ 사람들은 대부분 산속이 아니라 도시에서 살아갑니다. 이런 도심에 자연을 어떻게 끌어들일지 고민하는 것은 곧 동물과 어떻게 살 것인지 고민하는 것과 같습니다.

아파트에 살던 시절 아들이 강아지를 키우게 해 달라고 몇 년을 졸라댔습니다. 제 생각에 아파트는 강아지가 살기 좋은 장소가 아니었어요. 그래서 늘 좋은 말로 아들을 달래곤 했지요. 그런데도 아들은 포기하지 않고 계속해서 이야기를 꺼냈고, 결국엔 닥스훈트 한 마리를 데려오게 됐습니다. 결과적으로 말하자면 아들은 강아지와 함께 사춘기를 잘 보냈고, 결국 우리 가족은 마당이 있는 주택으로 이사했습니다. 닥스훈트는 한 마리에서 열 마리까지 불어났지요. 이렇게 우리 가족은 동물과 함께하는 삶에 도전했고, 적응했으며, 최선의 방법을 적용하기 어려울 때 차선의 방법을 찾아냈습니다. 강아지도 우리의 방식을 잘 따라주었기에 가능한 일이었지요.

요즘 길고양이를 붙잡아 중성화 수술을 시키고 다시 풀어주는 TNR(Trap : 포획, Neuter : 중성화, Return : 방사)에 대한 이야기가 많이 나옵니다. 사실 저는 길고양이를 포함한 고양이들의 중성화에 찬성하는 입장이에요. 그 때문에 동물학자로서 어떻게 그럴 수 있느냐는 이야기를 듣기도 하지요.

근본적으로 보자면 길고양이에게 중성화 수술을 시켜

방사하느냐, 문제가 된 지역 고양이들을 잡아서 안락사를 시키느냐 하는 방법론적인 문제를 고민하기에 앞서 동물도 우리와 함께 이 지구에서 살 권리가 있는 존재라는 것을 인식해야 합니다. 인간은 생태계 족보에서 막둥이라는 것을 이해하고, 인간 중심의 이기적인 사고에서 벗어나는 것이 우선입니다.

다시 처음으로 돌아가 보자면, 중성화 수술이라는 것은 가볍게 생각해서 고를 수 있는 문제는 아닙니다. 그렇지만 전체 생태계의 흐름과 인간의 삶을 보았을 때 야생 고양이들은 상상 이상으로 생태계에 심각한 타격을 주고 있습니다. 물론 이것은 고양이 때문이 아니라 인간이 그렇게 만든 것이지만요.

생태계 파괴를 막으려면 일부를 안락사해서 비정상적으로 늘어난 고양이의 개체 수를 일정 수준까지 조절해야 하는 극단적 방법을 써야 할 수도 있습니다. 그러나 이 또한 완전한 해결책은 아닙니다. 해당 분야 전문가들이 모여 조직적인 연구를 해서 보다 근본적인 해결 방안을 찾아야 해요. 한 지역에서 살 수 있는 야생 고양이의 적정 개체는 몇 인지, 그것을 유지하려면 먹이는 어느 정도가 필요한지, 환경은 어떻게 조성해야 하는지 등등을 체계적으로 파악해야 해요. 그런 다음 연구 결과에 따라 알맞은 행정 제도를 마련해야 하지요. 그리고 이러한 연구를 해야 하는 몫은 바로 동물학자들에게 있습니다. 인간이 만들어낸 일이니 인간이 바로 책임을 져야 하지요.

인간과 동물은 의사소통 방법이 다르다 보니 한계가 있을 수밖에 없습니다. 그렇기에 인간은 동물에게 필요한 것이나 그들이 원하는 것을 모두 충족시켜 줄 수는 없어요. 마찬가지로 동물도 인간이 원하는 모든 것을 채워 줄 수 없습니다.

자연 속에서 각기 본연의 삶에 맞게 생활하는 것이 모두에게 가장 좋지만 이미 인간과 동물들은 공생하고 있습니다. 특히 반려동물들은 아예 인간의 생활 영역 안에서 모든 것을 함께하고 있지요. 이런 상황에서는 지나치게 '자연 그대로'만을 고집할 수만은 없는 노릇입니다. 그런 면에서 우리는 중성화를 비롯한 여러 문제에 차선책을 고를 수밖에 없어요. '자연 속에서 본연의 습성에 따라 자유롭게'라는 최선을 선택할 수 없어서 '인간의 사회 속에서 인간과 안전하게 공생하기 위해 어쩔 수 없이'라는 차선으로 중성화 수술을 선택했다면 여기에 죄책감을 느낄 필요는 없다고 생각합니다.

오히려 융통성 없이 그저 일률적이고 획일적인 잣대를 들이대는 것이 문제이지요. 그보다는 동물이 진정 원하는 것이 무엇인지, 동물을 진정 사랑하는 방법은 무엇인지 진지하게 고민하고, 반려인 스스로 본인이 처한 환경에서 가장 동물을 잘 대해줄 수 있는 방법을 찾아보는 것이 더 건강한 공생이겠지요.

동물을 통해
인간을 이해할 수 있어

■■■■■■■■ 흔히 고양이는 개보다 야생성이 더 많이 남아 있다는 이야기를 하는데, 이것은 사실 잘못된 생각입니다. 개과 동물들은 사회성이 잘 발달돼 있습니다. 인간처럼 여럿이 무리를 지어 살며 사냥이나 여러 가지 것들을 함께하곤 하지요. 그래서 인간은 이런 개들의 사회성을 보고

더 친근감을 느낍니다. 반면 고양이에게서 보이는 반대 성향의 모습들은 낯설게 여겨지지요. 즉 개와 고양이 모두에게 야생성이 있고 그것이 밖으로 드러나는데 인간에게 익숙한 것들은 눈에 잘 보이지 않고, 익숙하지 않은 것들은 두드러져 보인다는 것이지요.

고양이를 키우는 사람들은 종종 고양이가 하루 종일 잠만 자는 이유를 궁금해합니다. 고양이과 동물은 생태계 피라미드 중 꼭대기에 있는 동물입니다. 포식자이다 보니 공격을 당하는 것보다 직접 공격을 해서 사냥감을 잡는 횟수가 많습니다. 그런데 사냥을 할 때 에너지를 많이 쓰는 데다 다음 사냥을 할 때 쓸 에너지를 남겨 두어야 해서 잠을 자며 에너지를 비축하는 것이지요. 비슷한 위치에 있는 뱀역시 먹이를 배부르게 먹고 나면 잘 움직이지 않아요. 심지어 먹이를 먹은 뒤 한 달 동안 꼼짝 않고 가만히 있기도 합니다.

그런데 실제로 야생 고양이과 동물들의 수면 시간은 별로 많지 않습니다. 야생에서는 성공할 때까지 사냥을 해야 하고, 그밖에 위험한 일이나 각종 할 일이 많아서 잠만 자고 있을 수는 없기 때문이지요. 그래서 그들은 집고양이처럼 하루 종일 먹고 자지 않습니다. 반면 집에서 기르는 고양이들은 먹을 것도 충분하고 안전도 보장이 됩니다. 그래서 잠자는 시간이 길어진 것이지요. 어떻게 보면 야생에서보다 훨씬 무료한 생활을 하고 있다고 볼 수 있어요.

이렇게 동물의 생태를 알게 되고, 그것을 인간과 비교하며 다방면으로 돌이켜 보면 많은 생각을 할 수 있게 됩니다. 예를 들어 제가 까치를 연구할 때에는 우선 까치라는 동물에 대해 가장 많은 시간을 할애하게 되지요. 그런데 그다음으로 생각하는 것이 바로 인간이에요. 궁극적으로는 인간을 이해하고자 하는 마음에 까치를 연구하게 되는 것이거든요.

동물을 이해하려 노력하다 보면 인간에 대한 이해도 깊어집니다. 동물을 들여다보면 그들의 행동과 우리 인간의 행동을 비교하며 생각할 점도 배울 점도 많아지게 되거든요. 또한 그들의 입장을 이해하기도 하고, 인간 생각에 '왜 저러지?'하고 궁금해했던 것들이 해결되기도 합니다. 혹은 인간과 동물 사이에 공통으로 발견되는 행동들이 있을 때, 동물의 입장에서 이유나 해답을 찾아 인간과 비교해 보기도 하지요.

요즘 우리나라 사람들이 동물을 대하는 의식 수준에 대해 말들이 많이 나옵니다. 저는 이것이 선진국에 비해서는 아직 부족하지만 그래도 많이 나아지고 있고 희망도 있다고 생각해요.

제가 어렸을 때 아이들은 참새만 보면 일단 짱돌부터 집어 들었습니다. 참새를 잡아 구워 먹을 생각도 없었는데 말이에요. 돌을 던져 참새를 맞추면 어떻게 할지 생각을 해둔 것도 아니면서 일단 돌부터 던지고 봤어요. 지금 생각하면 참 철없는 짓이지요. 그랬던 사람들이 불과 몇십 년이 지났을 뿐인데 이제는 동물을 보호하자고 이야기합니다. 커다란 발전이지요.

물론 아직도 걸어가야 할 길이 멀긴 합니다. 저는 열대 정글에 가는 게 참 좋아요. 그런데 국내에 있을 때는 산에도 잘 가지 않아요. 가도 동물을 볼 수 없기 때문입니다. 우리나라 산은 올라가 봐야 청설모나 나비밖에 볼 수가 없어요. 그 와중에도 올무를 놓아 동물을 잡아먹는 사람들이 있다고 하니 참 슬픈 일이지요. 그래도 지금은 정부에 비해 일반 시민들의 인식이 훨씬 나아졌다고 생각합니다.

반복해서 말하지만 동물과 인간은 같은 지구 아래 함께

살아가는 입장입니다. 그리고 인간은 동물에 비해 우위에 있다고 말할 수 있지요. 그렇기에 인간을 이해하기 위해서라도 우리는 함께하는 동물들을 더 잘 알려고 노력하며, 함께 살아가는 동물들을 대하는 시선을 조금씩 고쳐 나가야 할 것입니다.

PART 2

어떻게
미래를
준비할까?

Thinking 7
Explore

통섭

학문과 학문 사이에
비자는 필요 없어

████████████ 세상은 학문의 경계를 두려워하지 않고 인문학과 자연과학을 마구 넘나드는 인재들이 이끌고 있습니다. 아리스토텔레스, 레오나르도 다빈치, 다산 정약용, 연암 박지원 등 유명하기로는 둘째가라면 서러울 네 사람에겐 공통점이 있습니다. 이들은 철학자이자 과학자였고, 작

가였지요. 그리고 어느 한 분야에 매몰되지 않고 다양한 분야를 섭렵한 만능인들이었습니다.

이들이 활동하던 시기에는 이것이 가능했습니다. 인간이 가진 지식이 그리 대단하지 않던 시절이었거든요. 그래서 이것저것을 폭넓게 배울 수 있었고, 금세 해당 분야에 대해 섭렵할 수 있었습니다.

다산 정약용은 정조 임금을 도와 수원 화성을 만들었습니다. 그때는 세계적으로 소위 신도시 건축이 유행이던 시절이었습니다. 그 무렵 미국에서는 워싱턴 D.C가 만들어지고, 러시아에서는 상트페테르부르크가 건설되고 있었습니다. 한국에서는 정조 임금이 그러한 세계적 흐름을 간파한 것이지요. 수원에 화성을 건축하자는 정조의 제안에 정약용 선생은 무어라 대답했을까요? 적어도 "제가 MIT에 가서 토목공학 박사 학위를 따서 돌아오겠습니다."라고 하지는 않았을 것입니다. 기껏해야 중국에 가서 성 짓는 법에 대한 공부를 하고, 책 몇 권 보고 돌아왔겠지요. 그것만으로도 당시 조선 팔도에서는 최고의 토목 공학자 노릇을 할 수 있었습니다. 물론 그때로써는 그것이 최선이었을 것이고, 여러모로 참 대단한 일입니다.

그러나 지금은 시대가 변하며 학문의 깊이가 달라졌습니다. 19세기와 20세기를 거치며 인간의 과학과 문화는 눈부시게 발전했습니다. 지금까지 인간이 축적한 지식의 총량을 가늠하면 실로 어마어마합니다. 이런 상황에서 한 개인이 여러 학문에 통달하는 것은 불가능합니다. 그렇기 때문에 무언가를 배우려면 좁고 깊게 파고들어야 하는데 이것을 바로 '전공'이라고 합니다. 여러 학문을 다 할 수 없기 때문에 한 가지에 집중하는 것입니다.

제가 학교에 다닐 때만 해도 주위에서는 다들 '한우물만 파라'라는 이야기를 했습니다. 저는 오지랖이 넓어 이것도 저것도 궁금해했는데 그 때문에 부모님과 선생님에게 늘 야단을 맞았습니다. 그런데 요즘 같은 시대에는 오히려 저처럼 오지랖 넓은 사람이 필요합니다. 학문과 학문을 넘나들며 오지랖 넓게 참견하는 사람들이 인기 있어졌죠. 학문들이 각기 엄청나게 깊은 지식이 쌓여 있는데 이것을 서로 연결해줄 사람이 없기 때문입니다. 또 학문들끼리 서로 사귀려 들지도 않습니다.

〈가지 않은 길〉이라는 시로 유명한 미국의 시인 로버트

프로스트^{Robert Frost}의 시 중에 〈멘딩 월(Mending Wall)〉이라는 시가 있습니다. 우리말로 하면 '담을 고치며'라는 말 정도로 옮길 수 있습니다. 제목처럼 이 시는 프로스트가 겨울에 무너진 낮은 돌담을 이웃과 함께 고치며 쓴 시입니다. 여기에 이런 구절이 있습니다. '좋은 담이 좋은 이웃을 만든다.'

담이 없으면 이웃이 아니라 한집안 식구입니다. 그런데 이웃과 식구처럼 지내는 것이 좋은 일만은 아닙니다. 때로 적절한 경계가 있어야 개인 공간도 확보하면서 돈독한 사이를 유지할 수 있으니까요. 왜 물리학과 생물학, 공학이 따로 있겠어요? 다 그럴 이유가 있어서 그런 것이겠지요. 학문 역시 돌담을 사이에 둔 이웃처럼 따로 존재해야 합니다. 하지만 이웃과 담이 너무 높으면 왕래가 불가능합니다. 서로 소통할 수 있을 만큼 담을 조금 낮춰야 합니다. 저는 《통섭》이라는 책의 우리말 서문에 이런 말을 썼습니다. '학문의 국경을 넘나들 때 비자 검사 좀 하지 말자.'

학문과 학문 사이에 비자는 필요 없습니다. 요즘 세계 여러 나라에서 대한민국 사람들에게는 따로 비자를 만들 필요 없이 여권만 있으면 자유롭게 여행을 할 수 있도록 허가해 준다고 합니다. 학문에서도 이런 태도가 필요합니다. 담은 존재하지만 쉽게 넘나들며 교류할 수 있도록 경계의 비자를 없애자는 거지요.

물론 그렇다고 한 가지도 제대로 못 하면서 아무 데나 기웃거리라는 말은 아닙니다. 자기 우물 하나는 확실하게 팔줄 알아야지요. 그러면서 옆에서 다른 우물을 파는 사람들과 함께하고, 서로 우물 파는 방법이나 협력할 방법 등에 대해 두런두런 이야기할 줄 알아야 합니다. 그리고 자기 우물을 제대로 파본 사람만이 다른 사람과도 공감하고 공유할 수 있습니다.

이 방대한 지식의 세계에서 홀로 넓은 우물을 판다고 생각해봅시다. 평생을 파도 지구 표면 하나 다 못 긁어보고 죽게 될 것입니다. 지금 우리 학문 세계가 그렇습니다. 천재가 아닌 이상에야 예전처럼 한 사람이 여러 학문을 두루 깊이 배우는 것이 어려운 일이 되었습니다. 천재라 해도 쉬운 일이 아닐 테고요. 그래서 나온 개념이 바로 통섭입니다. 개인이 여러 분야에 통달할 수 없기 때문에 여러 전문가가 한 데 모여서 문제를 풀어나가자는 거지요. 서로의 식견을 바탕으로 토론을 하고, 생각을 하다 보면 예전과는 비할 수 없는 굉장한 아이디어들이 쏟아질 것입니다.

한우물만 파서는
살아갈 수 없어

■■■■■■■ '열두 가지 재주에 저녁거리가 간데없다'
는 말이 있습니다. 사람은 한우물을 파야 한다는 뜻이지요.
그런데 시대가 달라졌습니다. 이제는 다양한 기술을 조합
하는 것이 중요해졌지요. 그러다 보니 사회가 요구하는 인
재상도 변화하고 있습니다. 한우물을 파되, 그 외에 다른 우
물도 넓게 팔 줄 아는 사람을 원하고 있는 것이지요. 한마
디로 여러 분야의 경계를 가로지르며 새로운 지식과 가치
를 만들어낼 줄 아는 사람이어야 한다는 것입니다.

통섭統攝이라는 말은 원효대사의 말에서 빌려온 단어
로, 사회생물학자 에드워드 윌슨 교수의 책 《컨실리언스
(Consilience)》를 우리말로 번역한 것입니다. 단어의 뜻은 줄기
'통(統)'과 잡다 '섭(攝)'이라는 한자를 합쳐 큰 줄기를 잡다하
게 다루는 것, 즉 '전체를 도맡아 다스리다'는 뜻이 됩니다.
이제 통섭은 바람직한 미래 학문 형태로 거론되고 있습니
다. 요즘에는 자연과학과 인문과학, 사회과학이 각자의 지
식을 융합한다는 의미로 쓰이고 있지요.

세상은 자꾸만 복잡해지고 있습니다. 그리고 우리 인간들이 해결해야 할 문제들도 그만큼 어려워지고 있지요. 한 사람이 나서서 해결할 수 있을 만큼 성격이 간단하지도 않습니다. 그래서 이런 문제에 접근하려면 결국 통섭형 인재가 되어야 합니다. 그런데 통섭형 인재는 이것저것 조금씩 잘하는 팔방미인이 아닙니다. 자신이 잘할 수 있는 것 하나가 확실하게 있되, 다른 전문 분야에도 충분한 소양을 갖춰 그들과 공동 연구를 할 수 있는 인재를 말합니다.

〈뉴욕타임스〉에서는 이제 20세기를 풍미했던 경영학 석사(MBA)의 시대가 저물고 '전문 이학 계열 석사(PSM, Professional Science Master)'의 시대가 올 것이라고 예측했습니다.

PSM은 과학, 수학, 경영, 법학 등 실용 학문을 함께 가르치는 석사 과정입니다. 이 프로그램에서는 이공계 사람들에게는 인문·사회과학 지식을, 반대로 인문·사회계 사람들에게는 과학 지식을 가르쳐 기업에 필요한 융합형 인재를 양성합니다. 아무리 유능한 CEO라도 과학을 모르면 경영이 힘들고, 실력 좋은 엔지니어라 해도 인문학을 모르면 경쟁력이 떨어지기 때문이라는 것입니다. 미국 대학들이 먼저 이 분야를 선도하고 있고, 영국과 호주 대학들에서도 속속 PSM 과정을 개설하고 있습니다.

미국 인사 관리 전문 컨설턴트는 이런 말을 하기도 했습니다. '미래에는 레이저 빔처럼 어느 한 곳만 비추는 인재가 아니라, 시계처럼 360도 자유자재로 돌아가는 전구형 인재가 필요하다.' 이 말을 굳이 빌리지 않더라도 통섭형 인재에 대해서는 학계를 넘어 재계에서까지 화두가 되고 있지요.

이 복잡 무변의 시대를 헤쳐 나가려면 하나의 문제를 다양한 각도에서 살펴볼 줄 알아야 합니다. 그렇기에 다양한 분야의 사람들이 모여 각자의 시선으로 문제를 바라보며 합의를 도출해야 합니다. 인지과학은 인간의 두뇌를 연구하는 분야입니다. 그런데 인간의 두뇌는 한 가지 잣대로만 잴 수 있는 영역이 아닙니다. 그래서 이 분야에는 심리학, 철학, 컴퓨터 공학, 기계 공학 같은 부모 학문들이 통섭하여 새로운 연구를 하고 있습니다.

통섭의 시대라고 해서 각자의 정체성이 흐려지도록 마구 섞이라는 것은 아닙니다. 통섭의 핵심은 합병이 아니라 경계 완화입니다. 인문학은 인문학대로 있고, 자연과학은 자연과학대로 있으되 서로 무엇을 하는지 들여다보며 뭔가 가능한 것을 찾아가자는 것이지요.

과학기술이 발달하여 인간의 수명이 점점 늘어 가고 있습니다. 이제는 고령화 시대를 넘어 초고령화 시대라고들 이야기합니다. 그래서 우리 사회에서는 정년은 없어질 겁니다. 사람들은 일생 동안 약 70여 년 가까이 일을 하게 되겠지요. 그래서 문제가 생깁니다. 한 가지 직업으로는 버티기 힘들게 되는 것이지요.

현재 우리나라 중·고등학생들이 직장 생활을 하게 될 때가 되면 아마 직업을 다섯 번 이상 바꾸게 될 것이라는 예측이 있습니다. 첫 직장을 다니다 40대에 퇴사를 하고도 다음 일을 찾아야 하는 거지요. 그런데 새 직장이 꼭 이전 직장과 비슷하리란 보장은 없습니다. 그래서 이들은 본인의 전공이나 경력과 무관한 직종이라도 얼마든지 적응할 수 있어야 합니다. 이런 시대 분위기 때문에라도 통섭형 인재는 중요합니다. 한 분야에 갇히지 말고 계속해서 넘나들기를 시도해야 하는 것이지요. 어찌 보면 이런 소양을 갖추는 것은 선택이 아니라 필수일지도 모릅니다.

Thinking Explore 8

배움과 교육

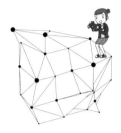

언제까지
과제만 하고 살 수는 없어

▰▰▰▰▰▰▰ 우리나라 사람들은 어떤 과제가 주어졌을 때 이것을 제법 잘해냅니다. 예를 들어 '자동차를 만들어 팔자'라는 과제가 있다면 온갖 기술을 동원하고, 그럴듯한 디자인까지 잘 뽑아냅니다. 실제로 우리나라 자동차는 세계 여기저기에서 적당한 가격으로 잘 팔리고 있지요. 그런데

여기에서 입장을 바꿔 직접 과제를 '출제'해야 할 때는 갑자기 맥을 못 춥니다. 우리나라 삼성, LG 같은 기업들은 다 핸드폰을 만들 줄 알았습니다. 그런데 지금은 고인이 된 스티브 잡스가 새로운 개념의 스마트폰을 들고 나오니 전 세계가 자지러지고, 우리 기업들은 뒤늦게 그 제품을 따라 만들기 시작했습니다.

저도 몇 년 전부터 스마트폰을 씁니다. 요즘 같은 시대에 스마트폰을 쓰지 않는 것이 지나치게 보수적인 태도 같아서 큰맘 먹고 스마트폰을 쓰기로 했습니다. 제가 처음 스마트폰을 사려 할 때의 일입니다. 당시에는 애플사에서 나온 '아이폰', 삼성에서 나온 '갤럭시', LG에서 나온 '옵티머스' 세 가지가 시장에서 경쟁을 하고 있었습니다.

저는 어떤 것을 쓸지 고민이 되어 함께 일하는 연구원들에게 무엇이 좋을지 물어보았습니다. 그러자 그들은 "아 선생님, 당연히 아이폰이죠."하고 대답하더니, 일제히 주머니에서 아이폰을 꺼내는 것이 아니겠어요. 그러더니 제가 묻는 말에는 대답하지 않고 하나같이 아이폰이 좋은 이유에 대해서만 설명하기 시작했습니다. 마치 사이비 종교 집단에 홀린 사람들 같았지요. 결국 저는 항거 차원에서 갤럭시를 사고야 말았습니다.

지금은 다들 아는 이야기지만 당시 잡스의 말인즉슨 아이폰에 인문학을 담았다고 합니다. 인문학과 자연과학을 섞었다고 하는데, 솔직히 저는 아무리 보아도 그 차이를 잘 모르겠습니다. 아이폰과 우리나라 기업이 만든 스마트폰이 다르면 얼마나 다른지, 혹시 우리가 저 친구에게 속은 것은 아닌지, 그가 하는 말 한마디에 그저 놀아난 것은 아닌지도 생각해 봅니다.

또 요즘은 영화도 컴퓨터 그래픽을 이용한 것들이 대세입니다. 영화 업계에서 일하는 그래픽 디자이너 중에는 한국 사람이 꽤 많다고 합니다. 실력도 아주 좋아서 외국의 유명한 감독에게 하청을 받는 사람도 상당하다고 합니다. 그런데 우리나라는 이렇게 실력 좋은 기술자들이 많은데도, 아직 이것을 이용해 이야기를 만들 줄 아는 사람이 적습니다. 그리고 이야기를 잘 만들려면 과학 기술이 아니라 인문학이 필요합니다. 신화에서부터 각종 역사와 지식을 꿰뚫고 있어야 좋은 이야기, 탄탄한 이야기가 나오기 때문입니다. 그런데 우리나라 디자이너들이 인문학을 갖춘 경우는 흔치 않습니다. 그리고 그럴 분위기나 환경도 조성이 되어 있지 않지요.

이렇게 우리나라는 누군가 시작한 것을 후발로 따라 하거나 소속되어 하는 일은 잘합니다. 기술력이나 성실성은 세계 최고라고 할 수 있지요. 하지만 지금껏 세상에 없던 이야기를 만들어내고 없던 개념을 창조하는 것까지는 가지 못합니다. 과제는 잘하지만 출제는 못 하는 만년 대학원생이라고 할까요.

우리나라가 국민 소득 2만 달러의 덫에 걸려 빠져나오지 못한 지 10년 가까이 되어 갑니다. 어떤 때는 환율이 떨어진 덕분에 2만 달러가 조금 넘었다는 기사를 보곤 하는데, 그래 봐야 늘 비슷한 수치를 맴돌고 있습니다.

저는 우리나라 국민이 전 세계에서 가장 열심히 일한다고 생각합니다. 지능 지수도 세계에서 1~2등을 다툴 정도로 높지요. 머리도 좋고, 일도 열심히 하는데 왜 이 모양이 꼴일까요. 물론 국민 소득 2만 달러면 잘 사는 축에 속합니다. 그리고 우리보다 못사는 나라들도 많지요. 그런데 그걸로 만족하자는 것이 아니기 때문입니다. 시간이 지나면 4

만 달러도 찍고 5만 달러까지도 노려볼 만큼 올라가야 하는데, 왜인지 10년 동안 2만 달러만 맴돌고 있습니다. 몇 년 전 이 문제에 대해 문득 이런 생각이 들어 가슴이 철렁했었습니다. 우리가 주어진 과제만 열심히 하느라 그런 것은 아닌지, 하청업으로 달성할 수 있는 최대치가 2만 달러라서 우리가 10년째 제자리걸음인 것은 아닐지 하고요.

매일같이 과제만 해서는 미래가 보이지 않습니다. 지금부터라도 직접 과제를 만들어 낼 수 있는 스티브 잡스 같은 인재를 길러 내야 합니다.

이제는 우리도
넓게 볼 줄 알아야 해

■■■■■ 제가 유학 초기 미국 펜실베이니아 주립대학에서 대학원 수업을 들을 때의 일입니다. 주임 교수가 수학생태학이라는 학문을 가르치면서 칠판에 수학 공식 몇 개를 적어 놓고 설명을 하고 있었지요. 당시 저는 영어 실

력은 신통치 않았지만 칠판에 쓰인 수식은 모두 이해할 수 있었습니다. 그래서 가끔 교수가 실수할 때 지적을 하거나, 학생들 앞에서 수학 문제를 시범으로 풀기도 했지요.

한국에서는 수학을 잘하는 편이 아니었는데, 미국 대학에서는 이차방정식이나 순열 같은 기초적인 문제가 많이 나왔기 때문에 별로 어렵지 않았습니다. 미국 학생들과 교수들은 마치 저를 한국에서 온 천재처럼 여겼습니다. 주임 교수는 제게 '미국 어느 대학에서든 정교수 자리를 보장하겠다'며 수학 학위를 딸 것을 권유했습니다. 그런데 그때만 해도 수학이 재미있다고 여겨지지 않아서 끝까지 거절을 했습니다.

그 뒤로 저는 하버드로 박사 학위를 따러 갔습니다. 공부를 하다 보니 자연 생태계를 잘 알려면 수학을 잘해야 한다는 것을 깨달았지요. 그래서 수학 수업을 한 과목 청강했는데 새로운 경험을 했습니다. 수학이 생각보다 아주 재미있는 학문이었던 거지요. 지금까지 제가 배워 왔던 것과 같은 수학을 배우는데도 무언가 달랐습니다. 논리학과 철학이 결합된 신학문을 배우는 것 같았습니다. 도대체 무엇 때문에 갑자기 이렇게 수학이 재미있어졌을까 고민하다 한 가지 깨달은 것이 있습니다. 공부 방법에 대한 차이였지요.

공부를 할 때 주어진 것들을 달달 외우기만 하면 공부가 지루해지고 재미가 없습니다. 주어진 공식에 맞춰 기계처럼 정답을 찍어 내기만 하면 되기 때문입니다. 그런데 외운 대로, 시키는 대로 빠르게 정답을 찾아내는 것보다 문제 자체를 보고 이것을 어떻게 해야 할지 스스로 고민하게 되면 공부가 아주 재미있어집니다. 소위 모범 답안이라고 하는 것이나 공식 같은 틀에 갇혀 있지 말고 다방면으로 여러 생각을 하면서 마치 모험을 하듯 해답을 찾아 나가다 보면 더는 공부가 지루하지 않지요. 그리고 이런 방법이 몸에 배이게 되면 다른 문제가 들이닥쳐도 차근차근 문제를 풀어나갈 수 있게 됩니다.

느리게 시작하는 것 같아도 원리와 모험을 통해 공부한 미국 학생들은 우리나라 학생들보다 기본적인 수학 계산 능력 같은 것은 떨어집니다. 그렇지만 결론을 유도하는 능력은 우리 학생들보다 한 수 위입니다.

어떤 문제가 주어졌을 때 그것을 해결하기 위해 무엇이 필요한지 아는 것은 매우 중요합니다. 어떤 공부가 필요하고, 무엇에 대한 지식을 갖춰야 하는지를 알아야 문제를 잘 해결할 수 있으니까요. 이렇게 되려면 평소에 공부를 할 때부터 많은 생각을 하고, 당장 도움이 안 되는 것 같아 보여도 여러 분야에서 폭넓은 지식을 익혀야 합니다. 당장 한 가지밖에 아는 것이 없으면 문제를 해결해야 할 때 그것 말고는 파고들 곳이 없기 때문입니다. 그런데 두 가지 세 가지를 알고 있으면 이것저것 다양한 생각과 시도를 해 볼 수 있지요.

하버드 대학교와 미시간 대학교에서 생태학 교수를 할 때에도 비슷한 경험을 했습니다. 강의 첫날 저는 굉장히 어려운 수학 공식을 칠판에 적어 놓고, 학생들에게 의미를 알아 오라고 했습니다. 학생들은 첫날부터 어려운 과제가 나왔다며 한숨을 쉬고 고개를 절레절레 저었습니다. 그런데 그러던 학생들이 학기말이 되자 언제 그랬냐는 듯 공식을 다 해독했습니다. 어떻게 알아냈느냐고 물었더니 도서관에서 관련 서적을 보면서 터득했다고 합니다. 고차방정식 같은 계산법의 개념을 독학으로 익혀 온 것입니다.

한국의 대학생들은 수학修學에 장애가 많습니다. 대학 입학을 위해 수학능력시험을 치르지만 수학능력은커녕 학습 방법에 대해서도 유치원 아이보다 못한 수준에 멈춰 있습니다. 역사학과 학생에게 물리학 강의를 들어 보라고 하면 10분도 지나지 않아 '저게 무슨 소리야?'하면서 뛰쳐나갈 것입니다. 반대로 화학과 학생을 영문과나 철학과 강의실에 앉혀 놓으면 수업 내내 하품만 할 것이 분명합니다.

반면 미국 학생들은 전과轉科를 밥 먹듯이 합니다. 미술학과 학생이 화학과로 갔다가 다시 정치학과로 과를 옮기기도 하는데, 그렇게 전공을 바꾸면서도 큰 어려움을 겪지 않습니다. 그것은 공부하는 방법을 알고 있기 때문입니다. 미국 아이들은 고등학교에서 어느 분야로 진학을 하든 어떻게 공부해야 한다는 것쯤은 배우고 대학에 옵니다. 여러 분야에서 공통적으로 사용하는 용어와 이론을 배우고 들어오기에 얼마든지 다른 분야의 공부가 가능합니다.

그에 비해 한국 학생들은 대학에서 다른 분야를 접할 기회가 적기도 한데다가 고등학교 때부터 문과생, 이과생으로 나누어 공부를 하다 보니 점점 수학에 장애가 생기고 맙니다. 이렇게 배운 아이들이 사회에 나가니 사회가 양분될 수밖에 없습니다. 문제를 다양한 시각에서 바라볼 수 있는 역량도 부족해지지요. 그렇기에 이제부터라도 이런 능력을 갖춘 인재들을 육성해야 합니다. 이제는 깊고 넓게 학습해야 합니다. 반복해서 이야기하지만 어느 한 분야의 전문가들이 없어도 된다는 이야기가 아닙니다. 전문가도 필요하지만 전체를 볼 줄 아는 제너럴리스트가 되어야 한다는 이야기입니다.

과한 교육열은
좁은 시야만 만들어

■■■■■■ 요즘 부모들의 자녀교육 욕심은 극성이라고 할 만큼 심각한 수준입니다. 시대 변화를 읽지 못하는 부모들이 아이들을 경쟁 속으로 밀어 넣고, 사교육으로 괴물을 키워 내고 있습니다. 예전과 달리 이제는 사교육으로 돈을 쏟아부어 봤자 남는 것이 없습니다. 소위 말하는 고학력, 고스펙 이런 것들은 단지 첫 학교, 첫 직장용일 뿐이지요. 요새는 그마저도 희박해져서 내로라하는 학력과 스펙을 가지고도 먹고살기가 어렵습니다.

100세 시대가 도래하면서 인간은 적어도 70년 동안은 노동을 할 수밖에 없게 됐습니다. 예전처럼 한 직장에서 평생 돈을 버는 시대는 지났습니다. 조기 은퇴나 명퇴가 늘어나고, 더 나은 것을 찾아 직종을 바꾸는 경우도 많아졌습니다. 첫 직장용으로 끊은 티켓이 유지되는 것은 오로지 첫 직장에서뿐입니다. 다음 직장에서는 또다시 새 티켓을 끊어야 합니다. 그러면 그때에도 또 돈과 시간을 쏟아부어 괴물을 만들어야 할까요? 돈과 시간이 부족해서라도 그럴 수는 없습니다.

자녀를 통섭적 인재로 키우려면 넓게 볼 줄 아는 시각을 키워 주어야 합니다. 넓게 보려면 당장 눈앞에 닥친 목표만 보게 하기보단 주변 사물에도 눈을 돌릴 줄 알아야 합니다. 그런데 아이의 눈과 귀를 막고 앞으로만 달리라고 보채니 아이는 옆으로 고개를 돌리는 법조차 잊어버리게 됩니다. 넓은 시각은 시킨다고 해서, 참고서를 읽으라고 해서 갖춰지는 것이 아닙니다. 아이가 직접 고개를 돌려 이곳저곳 둘러보아야 비로소 트이고 열리는 것입니다.

또한 당장 옆에 있는 친구와 잘 지내야 주위를 둘러볼 줄 알게 됩니다. 그런데 요즘 아이들은 친구와 잘 사귀는 법보다는 친구와 경쟁해서 이기는 법만 배워 옵니다. 혹은 아이가 친하고 싶은 친구 말고 엄마 마음에 드는 친구를 골라 사귀게 합니다. 친구와 악수조차 못 하게 손발이 잘린 아이는 어디로도 손을 뻗지 못하고 맙니다. 그저 엄마가 가리키는 방향대로 달려가기만 하지요.

경주마를 키울 때 첫 몇 경기만을 위해 말을 괴롭혀 가며, 심지어 약물까지 투여해가며 기르는 사람은 없습니다. 그런 말들은 한두 경기를 뛰고 나면 여지없이 몸이 망가져 도태되고 맙니다. 사교육은 오로지 처음 몇 경기만을 위해 무리해서 말을 조련하는 것과 같습니다. 이제는 경쟁에서 승리하는 법이 아니라 어울려서 살아가는 법, 변화에 적응하는 법을 아는 사람이 70년을 버틸 수 있습니다. 혹독한 조련으로 수명이 짧은 단거리 경주마를 길러 내는 일은 이제 그만 두어야 합니다.

아이들은 이미 세상의 변화에 맞출 준비가 되어 있습니다. 이제는 아이들의 이야기를 귀담아들어야 합니다. 부모들은 20년도 더 된 낡은 사고방식으로 세상을 보고 있습니다. 심지어 키도 아이들보다 작으면서 아이들 뒤에 완장을 차고 서서 '이리 가라, 저리 가라'하고 지시를 해 댑니다. 많이 배운 엄마들일수록 아이를 잡는 데 쓸데없는 에너지를 쓰지 말고 사회로 나와야 합니다. 그리고 부모의 잣대로 이리 살라, 저리 살라 지시하지 말고 아이들의 말에 귀를 기울여야 합니다. 이제는 그들의 시대이기 때문입니다.

Thinking 9
Explore

기획 독서

통섭적 삶에는
독서가 필수야

▬▬▬▬▬ 진리는 학문의 경계를 초월해 존재합니다.
학문은 진리를 탐구하기 위해 인간이 편의상 분류를 해 놓
은 것에 불과하지요. 우리는 우리가 만든 학문의 울타리 안
에 갇혀 평생 한 부분만을 붙들고 씨름을 합니다.

  세상을 숲이라고 가정한다면 우리가 알고 있는 각 분야

는 나무와 같습니다. 그런데 나무 하나만 보는 데 집중하다 보면 숲을 보지 못하게 되지요. 그래서 여러 나무를 넘나들며 숲 전체를 조금이나마 보도록 시도해야 합니다. 그리고 이런 삶이 바로 통섭적 삶이라고 할 수 있습니다.

통섭적 삶을 사는 방법으로는 여러 가지가 있는데 그중 가장 효과적인 방법이 독서입니다. 독서는 지식을 얻는 데 가장 편리하고 좋은 방법입니다. 무엇에 대해 알고 싶을 때마다 대학에서 몇 번이고 공부를 할 수는 없는 노릇이지요. 대학을 졸업하고 첫 직장에 나가게 됐을 때는 누구나 초보입니다. 경력자가 아닌 이상에야 당연한 일이지요. 그래서 선배 직장인들이 그를 하나하나 가르칩니다. 그리고 천천히 실무 경험도 쌓으면서 일을 배워 갑니다.

통섭적 삶에서는 책이 바로 사수입니다. 한 권 두 권 책을 읽어 가며 배우고 덤비는 것이지요. 어떤 분야에 대해 이야기할 때 책을 한 권도 안 읽은 사람과, 두 권이라도 읽은 사람의 태도는 다릅니다. 또한 독서는 직업을 대여섯 번이나 바꿔야 하는 요즘 같은 시대에 가장 스마트한 전략이기도 합니다. 낯선 분야에서 일을 해야 할 때 가장 먼저 할 일은 그 분야와 관련된 책을 읽는 것입니다. 해당 분야에 대한 지식이 있는 것만으로도 일이 무섭지 않고, 자신감도 생기기 때문이지요.

통섭적 삶에서 필요한 독서는 취미 독서가 아니라 기획 독서입니다. 기획 독서는 계획성 있게 공략하는 독서로, 전문 분야 외에 관심이 가는 분야가 있으면 그 분야에 대해 치밀하게 계획을 짜서 관련 도서를 읽는 것을 말합니다. 기획 독서를 하는 방법은 간단합니다. 평소 호기심을 갖고 주위를 잘 관찰해봅시다. 그러면 하나쯤 관심이 가는 분야가 눈에 들어올 것입니다. 그럼 그 분야에 대해 기획 독서를 시작하면 됩니다.

요즘 서점가에는 각종 지침서와 실용서가 넘쳐납니다. 그런데 그런 책들은 과하면 부족한 것보다 못합니다. 최근 도널드 트럼프Donald Trump가 미국 대통령 후보가 되어 논란이 되고 있습니다. 그는 예전에 부동산으로 떼돈을 벌었다고 알려져 있고, 이와 관련된 책을 써서 돈을 벌기까지 했지요. 그런데 그는 이후에 텔레비전에 나와 자신이 사기를 쳐서 성공했다는 사실을 공개했습니다. 은행 직원들에게 자기 땅도 아닌 곳을 개발했다고 거짓말을 해 돈을 빌려서 성공했다는 것입니다. 제 눈에는 정신 나간 사람처럼 보입니다. 그런데 과연 이런 사람이 쓴 책을 읽는 것이 도움이 될지 모르겠습니다.

자기계발서나 '나는 이렇게 성공했다' 같은 류의 책들은 기획 독서가 아니라 취미 독서를 위한 책입니다. 이들은 요령과 방법은 알려주지만 내 자산이 될 진짜 지식을 알려 주지는 않습니다. 예를 들면 모험을 떠나기 전 노하우를 귀뜸해주는 안내 요원이나 도우미 같은 책들이지요. 진짜 지식은 스스로 풀숲을 헤치고 강을 건너는 모험을 해야 얻을 수 있습니다. 중간중간 머리를 식힐 겸 도우미와 이야기를 할 수는 있겠지만, 도우미는 내게 보물을 가져다주지는 않습니다.

만약 비과학 계열인데 과학을 알고 싶은 사람이라면, 우선 자신의 관심사나 전공과 가장 가까운 과학 분야가 무엇인지 생각해봅시다. 그다음 그와 관련된 서적들을 골라 하나씩 읽어 보는 겁니다. 안타깝게도 우리나라에서는 고흐를 모르면 바보 소리를 들어도 양자역학은 당연히 몰라도 된다고 생각합니다. 그만큼 과학지식이 활성화되지 않고 오로지 과학자들만의 영역이라고 생각하기 때문이지요. 그런데 생각보다 과학은 쉽고 재미있습니다. 책을 하나씩 읽어 갈수록 예전엔 외국어처럼 들렸던 낯선 이야기들이 이해되는 것을 깨달을 수 있을 것입니다. 그리고 어느 날에는 그 분야의 전문가가 하는 이야기가 귀에 쏙쏙 들어오기 시작할 것입니다. 이쯤 되면 해당 분야를 다루는 인터넷 커뮤니티에서 댓글로 논쟁을 할 수도 있을 것입니다. 기획 독서를 하는 것은 통섭적 삶을 살아가는 기본이자, 본인의 삶 또한 풍요롭게 만들 수 있습니다.

기획 독서는
전략적으로, 일과 같은 거야

███████ 주위를 둘러보면 책 읽는 사람이 참 많습니다. 취미가 무엇이냐고 물어보면 독서라고 하는 사람들이 수두룩하지요. 저 역시 조금 전 통섭적 삶을 살려면 독서를 해야 한다고 이야기하기도 했지요. 그런데 이때 하는 독서는 여기에서 한발 더 나아가야 합니다. 통섭적 삶을 살

려면 독서를 취미가 아니라 일로 삼아야 합니다. 취미 삼아 하는 독서는 마음을 편하게 하고자 하는 독서이기 때문입니다. 취미 삼아 하는 것에 괴로움이 따를 수야 없기 때문입니다.

보통 어떤 분야에 관심이 생겨 이에 대한 책을 한 권 읽으려 들면 참 힘들고 괴롭습니다. 처음 보는 단어와 내용들이 가득해서 도대체 무슨 소리를 하는 것인지 알 수가 없기 때문입니다. 그래서 대개는 신이 나서 책장을 열었다가 절반도 못 읽고 책을 덮어 버리고 맙니다.

그래서 더욱 독서를 일로 삼아야 합니다. 일이라 생각하고 꾸역꾸역 억지로라도 읽어 나가야 이 장벽을 뚫을 수 있습니다. 국사를 전공한 사람이 나노과학 책을 읽게 되면 당연히 안 읽힙니다. 모르는 것이 너무 많기 때문이지요. 그런데 꾹 참고 두 번, 세 번 책을 읽고 나면 조금씩 아는 것이 생기고, 책장이 술술 넘어가기 시작합니다. 그러다 보면 어느 날 신문을 읽다가 나노과학 기사가 불현듯 눈에 들어올 것입니다. 그렇게 그 분야에 대해 알아가게 되는 것이지요. 이 과정을 이뤄 내려면 취미로는 되지 않습니다.

성인이 되면 회사 일이 바쁘고 일상생활에서 할 것도 많아 책을 읽을 시간이 별로 없습니다. 그렇기 때문에 더더욱 독서는 취미가 아니라 일이 되어야 합니다. 일을 한다고 생각하고 일부러 시간을 쪼개어 책을 보려고 하면 없던 시간도 만들어집니다. 물론 그렇다고 잠자는 시간도 줄여 가며, 몸을 축내서 독서를 하라는 것은 아니지만요.

일상생활을 잘 들여다보면 숨어 있는 틈새 시간들이 있습니다. 사람들은 보통 이 시간에 취미 활동을 합니다만, 이렇다 하게 즐길 것 없이 무료하게 시간을 보내는 경우도 있지요. 이때 투잡을 한다 생각하고 독서를 하면 좋습니다. 당장 손 안에 돈이 들어오지는 않겠지만, 이것이 향후 자신의 월급을 올려 줄 수도 있고, 새로운 기회를 가져다줄 수도 있을 것입니다.

책을 보았을 때 그 내용을 잘 기억하는 것도 중요합니다. 아무리 재미있게 읽은 책이라도 시간이 지나면 내용을 쉽게 잊어버리기 때문이지요. 이것을 보충할 수 있도록 자기만의 방법을 만드는 것도 좋습니다. 저 같은 경우에는 책을 소리 내어 읽습니다. 소리를 내기 힘든 곳에서는 속으로라도 소리를 내서 읽습니다. 솔직히 말하자면, 거의 성대모사까지 하며 읽습니다. 그래서 대화가 많은 소설책 같은 것을 볼 때 조금 난감하기도 합니다. 그렇다 보니 책 읽는 속도가 엄청 느립니다. 속도가 느린 대신 정독을 하다 보니 책을 빨리 읽는 것보다 내용이 기억에 잘 남습니다. 특히 중요한 부분에서는 더 실감 나게 몰입해서 연기를 하다 보니 제가 연기하는 모습을 떠올리면서 동시에 내용까지 싹 기억해 버립니다.

또한 저는 책을 보며 군데군데 메모를 하기도 합니다. 한때는 책 여백에 메모를 많이 했는데 지금은 메모지를 이용합니다. 현재 연구하는 분야에 대한 책을 많이 가지고 있다 보니 언제 어디서 누구에게 빌려주거나 줘야 할지 모르는데 망가뜨리면 안 되겠다는 생각이 들어서지요.

요즘은 인터넷에 방대한 정보가 많아 책 대신 인터넷에서 정보를 얻기도 합니다. 그런데 인터넷은 해당 분야에 대해 가벼운 정보를 얻을 때는 좋지만, 깊이 있는 지식을 얻기는 어렵습니다. 즉 어떤 분야에 대해 이것이 무엇인지 특징은 어떤지 간단한 소개는 해주지만 아주 자세하게 알려주지는 않는다는 말이지요. 물론 인터넷을 통해 자신이 알고 있는 지식을 보다 많은 이에게 전해주려는 이들도 있습니다. 그러나 한 권의 책으로 담을 만큼 많은 지식을 알려

주는 이들은 적습니다. 그 정도로 분량이 모이면 차라리 책을 내고 말거든요.

인터넷은 해당 분야에 대한 가이드라인을 얻기에 좋습니다. 그 분야에서 유명한 책은 무엇인지, 현재 논란이 되는 주제들은 무엇인지 등등을 알 수 있습니다. 그래서 어떤 분야에 관심이 생기게 되면 일단 인터넷으로 그것이 무엇인지 간단한 정보를 얻고, 여기에 대해 잘 소개된 책들을 추천받아 도서관 혹은 서점으로 가는 방법도 좋습니다.

집 안 어디서든
책이 손에 닿아야 해

■■■■■■ 책을 많이 읽으면 좋다고는 하는데 실제로 이것을 실천하는 것은 매우 어렵습니다. 실생활에서는 책 읽는 것 말고도 관심을 끄는 것들이 아주 많기 때문입니다. 그래서 요즘은 거실에 텔레비전이나 스마트폰을 치우고 대신 서재를 만들자는 캠페인이 벌어지고 있습니다. 우리

집도 결혼 초기부터 거실에 텔레비전을 놓지 않았습니다. 저는 처음부터 집 안 모든 곳에 책장을 두어야겠다고 생각했어요.

어떤 집은 거실이나 주방에 높은 책장을 두기도 하는데, 우리 집은 허리 높이 정도 되는 책장을 집 안 구석구석에 두었습니다. 집 어디를 가도 손만 뻗으면 책이 잡힐 수 있도록 한 것이지요. 책장 위에 화분이나 액자를 놓아둘 수도 있어서 인테리어 효과도 있습니다. 이 방법은 특히 학부모에게 권하고 싶은 방법이기도 합니다. 집 어디서든 책과 가깝게, 책을 읽을 수 있도록 하는 환경을 만드는 것이 중요하니까요.

저는 부모가 아이에게 독서 습관을 심어 주는 것이 아주 중요하다고 생각합니다. 그런데 이런 이야기를 하면 많은 사람이 '우리 아이는 책을 안 좋아한다'고 대답합니다. 그런 부모들 치고 본인들이 책 읽기를 즐기는 경우는 거의 없습니다. 보통 아이들은 부모의 행동을 따라 하기 때문입니다.

저는 학부모 대상으로 강의를 할 때 '몸으로 가르치라'는 말을 자주 합니다. 동물들은 새끼를 가르칠 때 자기가 먼저 몸으로 시범을 보입니다. 그리고 새끼가 계속 어미의 행동을 따라 하게끔 해서 그것을 몸에 익히도록 합니다. 그런데 우리 인간은 언제부터인가 입으로만 자식을 가르치고 있습니다. 부모가 먼저 본을 보이고, 자식이 따라 하도록 유도해야 하는데, 자기들은 50~60인치 고화질 텔레비전 앞에 누워 매일 드라마나 오락 프로그램을 보면서, 혹은 시종일관 스마트폰만 붙잡고 있으면서 자녀에게는 왜 책을 안 읽느냐고 소리칩니다. 혹은 유달리 책을 사 주는 데 인색한 부모들도 많고요.

자녀가 책을 많이 읽었으면 하는 부모들은 본인들이 먼저 시범을 보여야 합니다. 백 마디 말보다 한 번의 시범이 더욱 효과가 큽니다. 부모들이 먼저 책을 가까이 두고 읽는 습관을 들이면, 잔소리 한 번 하지 않아도 자녀가 알아서 부모를 따라 책을 손에 듭니다. 부모와 자녀 모두 책을 보게 되면 서로 지식의 폭이 넓어지니 더욱 좋은 일이기도 합니다.

세상에는 책 읽는 것 말고도 재미있는 것이 많습니다. 그래서 책 읽는 시간을 내기가 더욱 힘들기도 합니다. 그래서 더욱 부모가 먼저 이것들을 참고 책을 읽어야 합니다. 부모가 텔레비전 보는 것을 못 참으면서 자녀에게만 그것을 참고 책을 보라고 하는 것은 설득력이 떨어지기 때문입니다.

　독서를 할 때는 편식하지 않는 것도 중요합니다. 너무 한 가지 종류의 책만 읽게 되면 나중에 다른 책을 읽을 때 어려움이 많거든요.

　예전에 아들이 판타지 소설에 푹 빠져든 적이 있습니다. 중학교 3학년 때 하루가 멀다 하고 판타지 소설만 읽어댔지요. 판타지 소설을 읽는 것은 좋은데, 너무 그것만 보는 것이 문제였습니다. 이러다가 판타지 소설이 아닌 다른 책에는 관심이 없어질까 걱정이 됐습니다. 그래서 아내와 함께 작전을 짰습니다. 자연과학, 사회과학, 교양서적 등 다양한 종류의 책을 골라 아이의 눈길이 갈 만한 곳에 꽂아 놓았지요. 판타지 소설도 재미있지만 그만큼 다른 책들도 재미있으니 골고루 보라는 의도였지요. 물론 아이는 처음에는 우리의 기대만큼 그 책들에 관심을 보이진 않았습니다. 그러나 시간이 지나자 스스로 판타지 소설을 읽는 시간을 줄이고 거실에 있는 책들을 찾아 읽게 됐습니다. 즉 책을 골고루 읽게 된 것이지요.

　요즘은 많은 아이가 판타지 소설을 봅니다. 판타지 소설이 재미있는 것이야 두말할 나위가 없습니다. 그런데 문제는 판타지 소설들만 보게 되면 다른 책을 잘 안 보게 된다는 것입니다. 판타지 소설들은 이야기를 대개 아주 쉽고 간단하게 씁니다. 특유의 전개 방식과 문체가 있기도 하고요. 그런데 이런 책들만 계속 보면 나중엔 비슷한 종류의 책에만 반응하도록 입맛이 길들여집니다. 소위 독서 편식을 하게 되는 것이지요. 나중엔 조금만 문장이 길어져도 나와 맞지 않는 책이라고 생각해 손을 놓게 되는 경우도 많습니다. 그래서 판타지 소설뿐 아니라 다른 책들도 골고루 읽어야 합니다. 각 분야의 장·단점을 비교할 수 있고, 폭넓은 지식도 얻을 수 있으니 일거양득이지요. 요즘 시장에 나오는 책 중 유해 도서라고 할 만한 것은 거의 없습니다. 그러니 어떤 책을 읽게 할지 고민하지 말고 최대한 다양한 도서를 구비해 놓고 자녀가 자유롭게 읽게 하면 됩니다.

Thinking 10
Explore

남녀의 콜라보

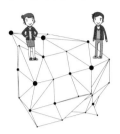

아직도 남성이
세상을 이끈다고 생각해?

■■■■■■■ 미국의 유명 인류학자 헬렌 피셔^{Helen Fisher}
는 여성이 '제1의 성'이 되는 시대가 도래할 것이라고 예언
했습니다. 저 역시 여성의 시대는 반드시 올 수밖에 없다고
생각합니다. 이와 관련해서 예전에《여성 시대에는 남자도
화장을 한다》는 책을 낸 적도 있지요.

세상은 남성들이 만들어 왔다는 이야기가 많습니다. 그런데 인류 역사를 돌이켜 보면 사실 남성의 시대는 오래되지 않았어요. 인류가 등장한 뒤로 약 25만 년의 시간이 흘렀습니다. 이 세월 중에서 남성이 여성보다 우위에 있던 시간은 약 1만 년 정도밖에 되지 않지요.

수렵과 채집을 하던 시대에는 남성들은 힘을 쓰는 일을 하러 밖으로 나가고, 여성들은 집 근처에서 채집을 하고 음식을 만들었습니다. 그런데 사냥은 소모되는 근육량에 비해 효율성이 떨어집니다. 즉 죽도록 사냥감을 쫓아다녀도 허탕 치는 일이 많았다는 거지요. 빈손으로 집에 돌아와 여성이 차려주는 밥상을 받는 날이 대부분인데 큰소리를 쳐댈 수는 없었습니다. 그래서 24만 년 동안 남성과 여성은 평등하거나, 오히려 남성들이 밥상 권력을 쥔 여성들의 눈치를 보고 살아야 했지요. 이후 노동 집약적인 농경 사회로 접어들고 나서야 남성은 여성보다 우월한 위치를 차지하게 됐습니다. 곳간을 채워 식량과 부를 축적한 뒤에야 비로소 큰소리를 칠 수 있게 된 것이지요. 그런데 이제는 근육의 힘으로 생계를 유지하지 않는 시대가 됐어요. 그래서 예전보다 남성의 역할이 많이 줄어드는 것이 당연합니다.

지금까지는 세상을 좌우하던 추가 남성 쪽으로 많이 기울어진 채 움직여 왔을 뿐입니다. 그래서 이제 균형을 찾으려고 조금만 여성 쪽으로 기울어도 여성이 득세하는 것처럼 착각하지요. 여기에 언론이 너무 호들갑을 떨어 대는 것도 문제예요. 저는 세상에서 똑똑한 남성들이 사라진 것이 아니라, 원래부터 남성이 똑똑하다는 신화 자체가 없었다고 생각합니다. 그동안은 남성들이 내세울 것도 없으면서 능력에 비해 지나치게 부각됐던 것뿐이지요. 최근 벌어지는 논란들은 이런 흐름들이 제자리를 찾아가는 과정에서 벌어지는 현상이에요. 앞으로는 여성들이 계속해서 거침없이 사회로 진출할 겁니다.

누군가는 남성이 여성보다 생물학적으로 우월하다는 말을 하는데, 이 말은 아주 틀린 말입니다. 자연 속에서 수컷은 경박한 표현이긴 하지만 '별 볼 일 없는 바지저고리'에 불과합니다. 자식을 만드는 과정에서 수컷의 유전적 기여도는 정말 보잘것없다는 것이 상식이거든요.

다윈 진화에서 핵심 중의 핵심을 차지하는 성 선택(Sexual selection)이론이 있습니다. 이 이론에 근거해 보면 생물학적으로 여성이 훨씬 우위를 차지합니다. 생식 과정은 난자와 정자가 절반씩 섞이기 때문에 꽤 공평해 보입니다. 그런데 실은 세포핵을 제외한 세포질은 모두 암컷이 제공합니다. 여기에 미토콘드리아 세포가 쓸 에너지를 만드는 기관이 있는데, 이 기관의 DNA 또한 온전히 암컷에게서만 나옵니다. 쉽게 말해 여성 혈통이 세상을 쥐고 있는 것이지요. 그래서 생물학에서 여성이 우위를 점하는 것은 무척이나 자연스러운 일입니다.

2004년경 호주제가 논란이 될 무렵 저는 이와 관련해서 헌법재판소에 의견서를 내기도 했어요. 호주제는 혈통의 존속을 위해 쓰이는 제도인데, 지극히 남성 중심적으로 이루어져 있었지요. 그런데 생물학적 관점에서 보자면 번식을 하고 혈통을 이어 나가는 데에는 남성보다 여성이 하는 역할이 더 많아요. 앞서 말했듯 혈통에 영향을 끼치는 것은 바로 암컷입니다. 여기에 암컷은 수정란을 몸에 간직하고, 새끼를 낳은 뒤에는 상당 기간 젖을 먹여 돌보기도 합니다. 아무리 암수가 육아를 같이한다 한들 새끼를 돌보는 면에서는 아무래도 수컷보다 암컷이 하는 일이 많아요. 즉 실제 종의 번식 면에서는 암컷이 수컷보다 공로가 더 크다는 이야기입니다.

그래서 저는 남성 위주의 호주제가 자연생물학적으로 볼 때 말이 안 된다는 이야기를 했었습니다. 물론 제 말은 적어도 생물학적으로 봤을 때 포유류로서 우리 인간은 그렇다는 것이지요. 이 문제로 남성들에게 욕을 바가지로 먹기도 했습니다. 당시에는 낮에 연구실 전화벨이 하도 울려대서 아예 코드를 빼놓고 살기도 했어요. 게다가 대단히 신념이 있어서 한 일도 아닌데, 어쩌다 보니 남녀 문제로 굉장한 발언을 하는 사람이 돼 버렸지요.

다윈의 성 선택론은 이제 동물행동학과 진화생물학 분야에서 아주 중요한 이론으로 부각되고 있습니다. 이와 관련된 논문들이 매년 무수히 쏟아지고 있지요. 다윈은 따개비를 연구하던 생물학자였습니다. 그런데 이제는 그것을 넘어 서구 지성사를 뒤바꾼 사람이 되었지요. 아예 '다윈 혁명'이라는 말이 있을 정도니까요. 말이 조금 거창했습니다만, 우리는 아직도 '다윈 후진국'이라고 볼 수 있습니다. 변화하는 세상에 잘 적응하기 위해서라도 우리는 여러모로 공부를 많이 할 수밖에 없어요.

남성은 덜 해도 괜찮고,
여성은 더 해도 괜찮아

■■■■■■■■ 근래 들어 여성은 점점 강해지고, 반대로 남성은 점점 여성화되는 추세입니다. 그에 따라 양쪽 성에 요구하는 역할 또한 이전과는 달라지고 있지요. 저는 평소 제 입으로 말하기도 하지만 자연과학자로서는 오지랖이 넓은 사람입니다. 남녀 문제에도 관심이 있어서 2000년 당시 EBS에서 하는 연속 강좌 〈여성의 세기가 밝았다〉라는 프로그램에서 여섯 차례 강연을 한 적이 있습니다. 이것을 계기로 여성가족부가 주는 남녀평등상을 받은 적이 있기도 하고요. 그런데 강연을 할 때마다 대한민국 남자 망신은 다 시킨다는 혹독한 비판을 받았습니다. 그들 대부분은 소위 말하는 마초적인 남성들이었지요. 그렇다면 과연 '남자답다'고 하는 것이 도대체 무엇일까요? 남자아이는 반드시 남자답게 키워야 하는 걸까요?

우리 남성들은 그동안 무엇을 하든 남자다워야 한다는 강박에 지나치게 시달려 왔습니다. 소위 말하는 '남자답게' 살려면 밖에 나가 일만 하고 살아야 하는데, 막상 해보면 그것도 엄청 피곤합니다. 삶을 즐길 여유가 줄어들거든요. 그래서 이제는 남성도 좀 즐기면서 살아야 합니다. 그러려면 그동안 남성이 지고 온 짐을 함께 나눠 질 사람이 필요하지요. 그리고 여성은 언제든 그것을 나눌 준비가 되어 있습니다.

진정한 남녀평등은 여성에게 불리한 점을 개선해주는 것과 동시에 남성들에게는 '잃어버린 것'을 되찾아주는 것입니다. 그동안 여성들과 남성들은 각기 '하면 안 되는 것'들에 둘러싸여 살았습니다. '남자니까 울면 안 돼', '여자니까 조신해야지' 이런 말들이 그러하지요. 이제는 이 통념들에서 벗어나야 합니다. 여성들은 '좀 더' 해도 되고, 남성들은 '조금 덜' 해도 괜찮습니다. 여성은 더 신나게 뛰어다녀도 되고, 남성은 울음을 참지 않아도 괜찮습니다. 그래서 여성들은 여성이라서 안 되는 억압에서 벗어나고, 남성들은 남성이라서 해야만 하는 무거운 짐을 내려놓아야 합니다.

우리는 시대 변화에 맞춰 남성성의 개념을 새롭게 정립해야 합니다. 여성성이 필요한 시대가 되어 남성이 여성화되면 남성들은 스트레스에서 벗어날 수 있습니다. 오히려 도움이 되지 손해 볼 것은 없다는 이야기입니다. 예전처럼 전생을 벌여 다른 국가를 점령해야 하는 시대도 아닌데, 굳이 스파르타식으로 남성성을 유지해야 하는지도 모르겠습니다. 이제는 예전보다 덜 남성다운 것이 오히려 사회를 원활하게 굴러가게 하는 데 도움이 될 것입니다. 그리고 여성이 사회 주도권을 쥐는 것에 대해 '여성에게 밀리는 남성', '경쟁에 뒤처진 찌질이'로 취급하는 것이야말로 시대에 뒤처진 행동입니다. 이전 시대의 잣대를 가져와 요즘 시대에 들이대고 있는 것이지요.

집안일은 '도와'주는 게 아니야

■■■■ 저는 고루한 집안에서 4형제 중 장남으로 자랐습니다. 제 아버지는 옆집 아저씨가 부엌에 들어가는 모습만 봐도 쓸개 빠진 놈이라며 혀를 찼습니다. 물을 마시고 싶으면 어머니에게 물을 달라고 해야지 직접 물을 가지러 부엌에 들어가면 혼이 났습니다. 말만 들어도 어떤 집안

이었을지 상상이 되겠지요. 반대로 아내는 당시 시대 분위기로서는 신기할 정도로 딸과 아들이 평등하게 대우받는 집안에서 자랐습니다. 두 사람이 이렇게 서로 다르다 보니 결혼하고 처음 몇 년은 무척 힘들었습니다. 내 딴에는 부모님한테 배웠던 것보다 더 집안일도 많이 도와준다고 생각했는데 아내는 불만이 많아 보여서 서운했습니다.

어느 날엔가 다른 날처럼 아내를 도와 설거지를 하고 있는데 그날 유독 설거지가 잘 안 됐습니다. 저는 설거지를 빨리하는 습관이 있습니다. 그런데 제 생각만큼 설거지가 빨리 안 되자 심통이 났지요. 그런데 문득 이런 생각이 들었습니다. '왜 나는 설거지를 도와준다고 생각하는 거지?'

당시 아내와 저는 둘 다 박사 학위를 받으려고 공부를 하고 있었습니다. 그런데 둘 다 똑같이 공부하면서 똑같이 밥을 먹은 그릇을 치우는 것인데 아내가 하는 설거지는 당연하고, 제가 하는 설거지는 아내를 도와주는 거라고 생각했던 것이지요. 그러다 보니 설거지에 아까운 시간을 쓰는 것이 싫어 어서 해치우고 내 일을 하려고 빨리했습니다.

설거지를 당연하게 해야 하는 일이라 생각하니 더 잘해야겠다는 생각이 들었습니다. 저는 제 일은 철저하게 잘하고자 하는데, 지금까지 설거지가 제 일이 아니라고 생각했기 때문에 그릇이 깨지든 말든 상관하지 않고 빨리해댔던 것입니다.

결혼을 한 남성들은 이런 질문을 한 번쯤 들어 보았을 것입니다. '집안일 잘 도와주세요?' 저 역시 사람들을 만나게 되면 심심찮게 이 질문을 듣곤 합니다. 그런데 집안일은 '도와주는 것'이 아니라 '같이 하는 것'입니다.

요즘에는 맞벌이 부부가 늘어나면서 여성과 남성이 동일하게 일을 하는 것이 보편적인 현상이 되었습니다. 그런데 똑같이 일을 하면서, 똑같이 먹고 자며 빨래와 쓰레기들이 생기는데, 이것을 치우고 정리하는 것을 여성의 몫으로만 돌리는 것은 부당합니다. 아내가 퇴근하고 집에 돌아와 저녁을 차리고 설거지를 하고 빨래를 널며 집을 치우는 동안 소파에 누워 TV만 보다가 차려주는 밥을 먹고, 고작 쓰레기봉투 하나 버려 주면서 집안일을 돕는다고 생색을 내는 것은 잘못된 일입니다. 이는 아직도 우리 사회가 진정한 남녀평등에 미치지 못했음을 보여 주는 사례이지요.

저는 밖에 나가면 동물들을 보고 삽니다. 동물 세계를 보면 모든 것을 암컷이 주도합니다. 그런 것을 공부하는 사람이 정작 집에 오면 남성, 여성이 할 일을 나누고 있었던 것입니다. 제가 연구하고 관찰하는 동물의 세계와 우리가 살아가는 이 세계는 다르지 않습니다. 누차 말하지만 인간은 동물의 한 종류이고, 자연계의 일부일 뿐입니다. 그런 시각으로 우리 사회를 다시 보면 곳곳에 불합리한 점이 많이 보입니다. 그래서 감히 이 문제에 대해 발언을 하게 된 것이지요.

일도 같이하고 아이도 함께 키우면 모두가 행복해

▬▬▬▬ 요즘은 남성보다 뛰어난 여성도 많고, 그래서 오히려 남성이 차별받는 역차별이 일어난다는 이야기들을 합니다. 그런데 이것은 몇몇 여성이 두각을 나타내는 것을 극적으로 조명하다 보니 시선이 왜곡된 거예요. 아직도 우리 사회는 남성이 우월한 위치를 점하는 경우가 많습니다. 실력에 비해서 남성의 점유율이 지나치게 높다고

볼 수도 있습니다.

　최근 우리 사회에서도 여성 인력 활용의 중요성을 깨달아 가는 움직임이 서서히 보입니다. 이제는 기업이든 정부든 여성 인력을 활용하지 않고 21세기에 경쟁력을 얻기 힘든 실정입니다. 그런데도 많은 남성이 여전히 여성들에게 가진 것을 빼앗길까 봐 두려워하고 있습니다. 남성들은 오히려 여성이 치고 올라오는 현상을 반기고 즐겨야 합니다. 여성이 치고 올라온다고 남성이 가지고 있는 것을 빼앗는 것이 아닙니다. 오히려 그동안 남성이 무겁게 지고 있던 짐을 여성과 나눠 가지는 거지요.

　예전에는 여성이 회사에 다니다 결혼을 하게 되면 사표를 내고 전업주부가 되는 것이 당연한 일이었습니다. 그런데 요즘은 결혼을 하고도 회사에 다니는 사람들이 늘어나고 있지요. 그런데 딱 거기까지입니다. 결혼을 하고 아이가 생기면 대부분의 여성들은 회사를 그만두어야 합니다. 말로는 휴직기간을 주어 아이를 낳고도 회사에 돌아오라고 하면서 실제로는 눈총을 주어 그만두게 합니다. 그러다 보니 여성은 잘하던 일에서 손을 떼어야만 하고, 남성은 그 여성이 하던 일까지 떠안아야 해서 일이 과중해집니다. 그리고 가정 경제도 타격을 입지요. 여기에 여성은 아이를 낳으면 회사로 돌아오지 않으니 일할 때 손해라는 생각이 들어 중요한 일은 남성에게만 주거나, 남성 사원 위주로 뽑으려 합니다. 여성들 역시 일을 계속하기 위해 결혼을 하고도 일부러 아이를 낳지 않으려고 합니다. 여성, 남성, 아이 모두에게 안 좋은 일이라고 볼 수 있지요.

그래서 아이를 낳은 뒤에도 여성들이 업무에 잘 복귀할 수 있도록 제도를 마련해주어야 합니다. 남성들 또한 아내가 아이를 낳았을 때 아내와 함께 아이를 돌볼 수 있도록 육아 휴직 제도를 활용해야 합니다. 그래야 남성과 여성이 서로 밥그릇 싸움을 하지 않고 서로 도우며 일하고 쉴 수 있게 됩니다.

남성과 여성이 모두 함께 일하고 쉴 수 있는 사회는 둘 사이에서 태어날 아이들에게도 아주 좋습니다. 요즘 아이들 열 명 중 여덟은 아빠가 없는 것과 진배없는 환경에서 자라납니다. 남성들 중 대부분은 육아는 여성의 일이라고 생각해서 관여하지 않습니다. 태어나서 자라는 모든 시간을 엄마와만 함께하고, 아빠는 아주 가끔 얼굴을 비치는, 남보다 못한 사람으로 여겨집니다. 아이들과 대화한다는 것이 기껏 밤늦게 돌아와서 빠끔히 열려 있는 방문 틈으로 얼굴을 내밀며 "공부 잘하고 있냐?" 같은 말이 전부지요. 그러다 어쩌다 아이가 잘못하면 부인에게 "도대체 애를 어떻게 키운 거야?"라는 말을 하곤 합니다.

아이는 아버지의 얼굴과 어머니의 얼굴을 공평하게 보아야 합니다. 어머니와 보내는 시간만큼 아버지와도 시간을 보내야 합니다. 그래야 부모 모두에게 애착과 친근감이 생깁니다. 성인이 될 때까지 하루에 한두 번 얼굴을 볼까 말까 하면서, 그것마저도 '공부하라'는 이야기만 듣다가 나중에 나이가 들어 갑자기 자식을 찾아 대는 아버지는 자식 입장에서 참 낯선 존재입니다. 이로 인해 생겨나는 문제들은 굳이 이야기하지 않아도 잘 알 것입니다.

아이는 부모가 함께 키우는 겁니다. 남성 입장에서도 내 가정을 꾸리고, 내 새끼를 키우는 것은 인간으로서 누릴 수 있는 큰 재미 중 하나예요. 그런데 자신의 새끼를 키우는 소중한 경험을 포기하고 자신이 무엇을 위해 사는지조차 모르고 사는 것이 많은 남성들의 현실이지요. 육아를 함께하지 않는 아버지는 스스로를 소위 말하는 '돈 벌어 오는 기계'로 만드는 것입니다.

이런 이야기를 하면 일 하느라 바빠 죽겠는데 집에서 언제 애를 보냐고 이야기합니다. 그렇기에 아버지들이 아이들과 시간을 보낼 수 있도록 사회 구조를 바꿔야 합니다.

요즘 독일이 가정복지가 잘 되어 있다는 이야기가 많습니다. 실제로 독일에서는 가정을 최우선으로 여깁니다. 그래서 일이 끝나고 아버지와 어머니, 아이가 시간을 잘 보낼 수 있도록 4시에서 5시면 모두 퇴근을 합니다. 퇴근 후에는 일절 업무적인 연락도 하지 않고, 남녀 모두 육아 휴직도 받습니다. 충분한 월급도 주어 생활을 보장하기도 하는데, 심지어 가정을 꾸리면 세금을 깎아 주는 데다 국가에서 양육비도 대줍니다. 그러다 보니 자연스럽게 엄마 아빠 모두가 개인 시간도 갖고, 가정에도 충실할 수 있는 환경이 만들어집니다. 날씨가 좋은 날이면 근처 공원에서 가족들이 소풍을 나와 두런두런 이야기를 하는 것도 심심찮게 볼 수 있습니다.

우리 사회는 여성들이 아이를 낳은 뒤에도 다시 직장으로 돌아올 수 있게끔 자리를 만들어주어야 합니다. 그동안은 남성들이 모든 일을 꿰어차고 여성들에게 기회를 주지 않다 보니 남성들은 과중한 일들에 치이고, 여성들은 일을 하지 못 해 억울해했습니다. 그런데 여성들에게 능력을 마음껏 펼칠 기회를 주면 남성들은 여가 시간을, 여성들은 일을 할 수 있는 기회를 얻을 수 있습니다. 그리고 이것이 남성과 여성 모두에게 손해가 되지 않도록 급여 조건이나 복지 등에 대한 제도를 바꿔야 합니다. 그렇게 되면 엄마도 아빠도 아이도 행복할 수 있는 진정한 평등사회를 만들 수 있습니다.

저는 남녀가 함께 일하고, 아이들이 아빠 엄마와 함께 자라는 세상이 되었으면 합니다. 언제부터인가 저녁에 온 가족이 둘러앉아 밥을 먹으며 행복하게 웃고 떠드는 것이 드라마에서나 볼 법한 장면이 되었습니다. 지금은 부모와 자녀가 한 끼 밥조차 같이 먹기 힘든 것이 현실이지요. 그래서 더욱 제도가 바뀌어야 합니다. 그렇게 되면 더 이상 야근에 찌들어 피곤한 아빠, 육아에 지치고 자신을 위한 일을 할 수 없어 우울한 엄마는 없을 것입니다. 아이들도 낮에는 회사에 갔다가 저녁엔 퇴근하는 엄마 아빠와 함께 맛있는 밥을 먹는 것이 일상이 되겠지요. 대한민국 모든 가정이 매일 행복한 저녁을 맞이하는 그 날을 꿈꿉니다.

부모들이
먼저 달라져야 해

■■■■■■■■ 요즘 아이들은 이미 남성과 여성 구별이 없는 자유로운 세상에서 살고 있습니다. 그런데 이 아이들을 키우는 부모들, 즉 중간 세대들이 변하지 않고 있어서 문제입니다.

학교에 가 보면 아이들은 여자 남자 구분 없이 두루 섞여 수다를 떨고 놉니다. 그러고 있어도 전혀 이상해 보이지 않지요. 물론 서로 신체 구조나 유전적으로 다른 점이 있어 각기 잘할 수 있는 일들은 있습니다. 예를 들어 근육이 필요한 일은 남자가 더 잘하고, 공감이 필요한 일은 여자가 더 잘할 수 있겠지요. 그렇다고 해서 남자가 해야 할 일과 여자가 해야 할 일을 억지로 구분하지는 않습니다.

그런데 이 아이들을 낳고 키우는 부모 세대는 그렇게 생각을 하지 않아서 문제입니다. 부모 세대는 남성과 여성의 역할이 비교적 뚜렷하게 나뉘던 시대에서 길러지고 자라 왔습니다. 그래서 자신들이 배워 온 사고방식을 아이들에 게 그대로 가르치려 합니다. 그렇다 보니 부모의 사고방식 을 물려받은 아이들이 새로운 시대에 적응을 못 하게 되기 도 하고, 반대로 부모와 갈등을 빚기도 합니다. 아이들이 새 시대에 발맞춰 잘 살아가길 바라는 부모라면 부모가 먼저 사고방식을 바꿔야 합니다.

어느 고등학교 교장 선생님에게 재미있는 이야기를 들 었습니다. 학생들이 체육복을 갈아입을 때 예전에는 여학 생들이 체육복을 들고 화장실로 달려갔는데 요즘에는 거 꾸로 남학생들이 옷을 싸 들고 화장실로 가더라는 이야기 였지요. 오히려 여학생들이 교실에서 거리낌 없이 옷을 갈 아입는다는 것이었습니다. 변화의 현장에서는 상황이 무섭 게 달라지고 있습니다. 여성 시대를 여는 시동은 이미 걸린 지 오래입니다. 그 아이들이 세상에 나오면 거침이 없을 것 입니다. 변화에 적응하지 못한 남성 간부들과 한동안 마찰 을 빚기도 하겠지만, 그 구도는 오래가지 않을 것입니다.

똑똑한 여학생들한테 밀릴까 봐 전전긍긍하며 아들을

책상 앞에 붙잡아 앉히는 것이 오히려 그 아이를 더 찌질하게 만듭니다. 아이들을 창의적인 인재로 키우려면 시대에 맞춰 그들을 자유롭게 풀어놓아야 합니다. 자녀에게 남자는 이래야 해, 여자는 이래야 해 하며 부모의 시대의 사고방식을 주입하지 말고 반대로 아이들이 말하는 '요즘 남자' 혹은 '요즘 여자'는 어떤지 들어 보아야 합니다. 그래야 변화하는 시대에 부모와 자녀 모두 발맞춰 나아갈 수 있습니다.

통섭형·융합형 인재를 위한 생각 노트

'통섭형·융합형 인재를 위한 생각 노트' 페이지는
'요약의 달인 되기!' 와
'인정! 너의 생각'으로 구성됩니다.
최근 입시 트렌드가 바뀌고 있습니다.
논술과 면접에서 통섭형·융합형 문제가 늘고 있어요.
그렇다면 '나만의 생각'을 가지고 있는 학생이
가장 유리합니다.
틀어박혀 문제만 풀던 학생은
제대로 치르기 어렵다는 뜻입니다.
사실 논술이나 면접의 구술 준비는
대입 준비를 넘어 앞으로의 인생을 살아가는 데도
도움이 되는 과정입니다.
생각의 잡다함을 잘라내고 핵심을 건져내어
'나만의 생각'을 기르는
사고의 훈련과도 같기 때문입니다.
살면서 마주치는 선택과 결정의 순간에
든든한 '나만의 생각'을 가지고 있다면
겉으로는 잘 보이지 않는 본질에 다가가
최선을 찾아낼 수 있습니다.
자, 이제 '나만의 생각'을 찾으러 출발해 봅시다!

요약의
달인 되기!

1. 인간 존재와 생태계

1) 인간과 동물

인간은 지구 역사 46억 년 중 고작 20~25년밖에 되지 않은 지구 생태계의 막내이다. 인간은 포유류이자 젖먹이 동물로 지구 생태계를 구성하는 수많은 동물 중 하나일 뿐이다.

2) 인간 존엄성

모든 생물은 나름대로 존재 가치와 권리가 있다. 인간 존엄성은 저절로 부여되는 것이 아니라 성찰과 깨달음을 통해 얻어지는 것이다. 인간이 생태계 속 일부라는 것을 깨닫고 겸허하게 스스로를 돌이켜 보면 존엄성은 자연스레 얻어진다.

2. 인간과 동물의 차이

1) 생각하는 뇌와 설명하는 뇌

인간의 뇌와 동물의 뇌 중 '생각하는 뇌'는 인간만의 특별한 점이 아니다. 이것은 동물 또한 가지고 있다고 볼 수 있다. 오히려 인간 뇌의 특징은 '설명하는 뇌'로, 다양한 상징을 활용하여 창작을 하거나, 본인이 느낀 것을 설명할 수 있다는 점에 있다.

1. 저자는 인간 존엄성이 '얻어지는 것'이라고 생각합니다. 그렇게 생각하는 이유는 무엇일까요? 그리고 여기에 대해 인문학자들은 왜 비판하는 것일까요? 본문에서 해당하는 내용을 찾아봅시다.

저자가 그렇게 생각하는 이유

저자의 생각에 대한 인문학자의 비판

2. 인간과 동물은 같은 존재일까요? 아니면 다른 존재일까요? 그리고 그 이유는 무엇일까요? 본문과 상관없이 자신의 생각을 자유롭게 말해봅시다.

나의 생각	인간과 동물은 같은 존재이다	인간과 동물은 다른 존재이다
이유	1	1
	2	2
	3	3

3. '설명하는 뇌'란 무엇일까요? 본문의 내용을 활용해 짧게 정리해봅시다.

4. 언어에 대해 언어학자인 노암 촘스키와 저자는 각기 어떤 생각을 하고 있는 걸까요? 본문과 자신이 찾아본 자료를 바탕으로 이 둘의 주장을 간단히 정리해봅시다.

최재천

노암 촘스키

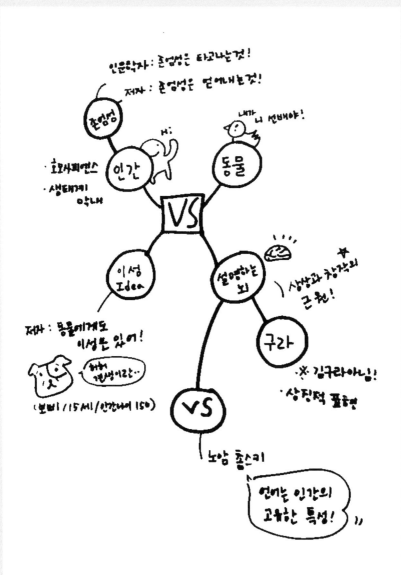

5-2. 앞에 내용에서 힌트를 얻어 나만의 '생각의 지도'를 그려봅시다.

1. 생물다양성

1) 생물다양성이란?

특정 지역 생물들이 보여주는 유전자, 종, 생태계 종류의 다양함을 말한다. (*국제개발 협력용어집)

2) 생물다양성의 의의와 중요성

생물다양성은 생태계를 건강하게 유지하게 하고, 인류사회 존속에도 심각한 영향을 끼친다. 인간 역시 생태계의 일부인지라 생물다양성 감소는 결국 인류의 위기와도 직결된다.

3) 생물다양성 감소의 추세와 전망

생물다양성은 지금도 급격히 줄어들고 있으며, 21세기 말에는 동식물의 절반이 지구에서 사라질 수 있다고 전망하고 있다.

4) 생물다양성 감소의 원인

인구가 증가하면서 과도한 개발 등으로 생태환경이 파괴되고 있다. 또한 지구 온난화로 기후 변화가 심화되면서 이에 적응하지 못해 죽거나 감소하는 개체도 많다.

2. 생물다양성을 지키기 위한 노력

1) 과거(유대인에 대한 오해)

서구 문명은 기독교 문화의 영향으로 자연을 소유물로 여겼고, 이것이 환경오염의 원인이 되었다는 의견이 있다. 그러나 실제로 유대인은 자신들이 살고 있는 터전을 보호하기 위해 엄격한 계율들을 지켜 가며 생태계를 보존했다. 이와 같은 태도를 보고 배워야 할 것이다.

2) 현재

UN은 각종 캠페인 및 의제 지정으로 생물다양성 감소의 위험을 알리고 있다. 또한 각국에서 멸종 위기 동물을 복원하는 등의 노력이 있기도 하다. 무분별한 개발을 자제하고 녹색 성장을 지원하여 생물다양성 감소를 막아야 한다.

1. 동양과 서양은 자연을 바라보는 관점이 다르다고 합니다. 과연 얼마나, 어떻게 다른지 본문 및 다양한 자료를 활용하여 답을 찾아봅시다.

	동양	서양
자연을 보는 관점		
예시		

2. 저자는 생물다양성을 '젠가' 게임과 같다고 비유합니다. 여러분이 생각하는 생물다양성은 무엇에 비유해 볼 수 있을까요? 다양한 방식으로 자유롭게 표현해봅시다.

3. 생물다양성이 줄어드는 이유는 무엇일까요? 그리고 그것은 무엇에서 비롯된 것일지 생각해봅시다.

4. 지구 온난화를 막기 위한 방법으로 무엇이 있을까요? 자신의 생각을 자유롭게 말해봅시다.

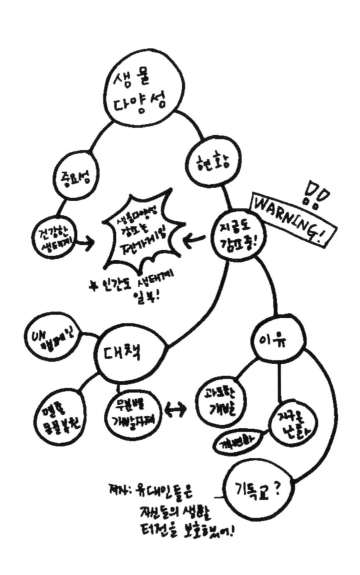

5-2. 앞에 내용에서 힌트를 얻어 나만의 '생각의 지도'를 그려봅시다.

1. 기후 변화가 지구에게 주는 영향

1) 기후 변화가 동물에게 끼치는 영향

생태 엇박자: 기후가 달라지면서 변화한 생태계 리듬과 동물들의 실제 리듬 사이에 간극이 생기며 문제가 일어나는 현상. 대표적인 예로 이상기온으로 꽃이 빨리 피고 벌레들이 이르게 나타나면서 철새들이 먹을 것이 없어 굶어 죽는 현상을 들 수 있다.

2) 기후 변화가 인간에게 끼치는 영향

- 진흙 토양인 우리나라에 열대성 호우가 내리는 바람에 물난리가 계속 일어난다.
- 기후가 바뀌면서 수출 산업 등 경제의 흐름이 달라진다. 만약 우리나라가 온실가스 감축국으로 선정되기라도 하면 천문학적 재원이 들어가게 되어 손해가 막심할 것이다.
- 기후 변화가 계속되면 생태계가 무너진다. 인간 역시 생태계의 일부이기에 자연을 오염시키고 기후 변화를 방치하는 것은 자살 행위와 같다.

3) 현재 상황과 전망

- 온실가스의 영향으로 기온이 점점 상승하고 있다. 2100년에는 1990년에 비해 지구 평균 기온은 최대 5.8도, 해수면은 88센티미터 높아질 전망이다. 대한민국의 경우 겨울이 예전보다 한 달 정도 짧아졌다.
- 다보스 포럼에서 몇 년째 기후 변화와 생태계 관련 문제를 주요 안건으로 선정하고 있다.

2. 자연과 인간을 지키는 방법

1) 국가와 기업이 할 수 있는 일

- 수직농법: 계단식 논에서 아이디어를 얻어 고층 건물에 밭을 만들 수 있게 하는 방법. 농지 비용 절감 및 근거리에서 신선한 식재료를 얻을 수 있다는 장점이 있다. 건설사 역시 친환경 기업이라는 이미지를 얻게 되는 등 인간과 자연 모두에게 이익이 된다.

- 자연 복지: 선진국의 복지 개념이 후 대응에서 선 대응으로 바뀌고 있다. 자연에 대한 복지는 결국 인간을 위한 선 대응 복지의 일환이다. 이를 위해 무분별한 개발을 멈추고 사람과 자연이 공생할 수 있는 방법을 모색해야 한다.

2) 개인이 할 수 있는 일

- 육식 줄이기: 생태 효율을 높일 수 있다. 또한 육류 사육으로 소모되는 농지 확보 및 메탄가스 감소 효과로 대기 오염을 줄일 수 있다. 그리고 가축이 비인도적으로 사육되는 것도 줄일 수 있다.
- 동네 먹거리 운동: 푸드 마일리지 및 생태 발자국을 줄일 수 있다. 신선한 식재료를 바로 공급받아 건강을 증진하고, 나아가 경제에도 도움이 된다.
- 밥상 바꾸기: 흠집 난 사과가 식탁에 많이 오를수록 농부들의 수고가 줄어들고 환경에도 도움이 된다.

1. 우리나라에 열대성 호우가 내리는 것이 왜 문제가 되는 걸까요? 본문을 참조하여 대답해봅시다.

2. 저자는 다이아몬드 교수(최근 우리나라를 방문하였을 때 저자와 대담하였음)와 《총, 균, 쇠》라는 그의 저서에 대해 언급하고 있습니다. 다이아몬드 교수는 어떤 사람일까요? 그리고 그의 책은 어떤 내용을 담고 있을까요? 자료를 찾아 알아보도록 합시다.

교수는 어떤 사람일까?	그의 책은 무슨 내용일까?

3. 인간의 잦은 육식은 생태계에 어떤 영향을 끼치고 있을까요? 본문을 참조해서 저자의 의견을 정리해 보고, 여기에 대한 나의 생각을 말해봅시다. 이 항목은 쓰는 것에서 그치지 않고 말로 연습해봅시다.

(본문) 인간의 육식이 생태계에 끼치는 영향	나의 생각
▶	
▶	
▶	
▶	

4. 생태 발자국 혹은 푸드 마일리지는 수치에 따라 자연과 인간에게 어떤 영향을 줄까요? 본문의 내용을 참조하여 아래 표를 채워봅시다.

	자연	인간
수치가 높을 때		
수치가 낮을 때		

5. 자신이 지방자치 도시의 선출된 시장이라고 가정해봅시다. 그래서 의무적으로 '수직 농법'을 도입하는 문제에 대해 고민하고 있다고 가정해봅시다. 수직 농법은 현실적으로 어떤 장·단점이 있으며, 어떤 문제들을 추가로 고민해야 할까요? 시장으로서 어떤 결정을 내릴 것인지, 그 이유를 쓰고 내용을 말해봅시다.

6. 선 대응 복지와 후 대응 복지는 각각 어떤 장, 단점이 있을까요? 본문의 내용 및 자료를 찾아 생각을 정리해봅시다.

	선 대응 복지	후 대응 복지
장점		
단점		

1. 그린 비즈니스와 기업

1) 친환경 사업에 대한 인식변화

환경 문제로 기업 운영에 제약이 생김에 따라 하나둘 친환경 사업으로 발걸음을 돌리고 있다.

2) 친환경 사업으로 기업이 얻는 이득

- 친환경 사업은 사업비용을 절감할 수 있다. 또한 새로운 시장을 개척할 수 있기도 하다.
- 기업에 대한 소비자들의 인식이 바뀌고 있다. 환경을 해치는 기업에 대한 이미지는 급격히 나빠졌으며, 반대로 친환경 기업에 대한 인식이 좋아지고 있다. 이것은 기업 매출과도 직결된다.

3) 친환경 사업 장려를 위한 소비자의 노력

친환경 제품을 많이 구매하여 기업이 친환경 제품을 많이 만들고, 환경 사업에도 더욱 힘을 쓸 수 있도록 해야 한다.

2. 그린 비즈니스와 국가

1) 중국의 성장과 환경 문제

환경 문제 때문에 중국의 성장이 논란이 되고 있다. 그러나 중국은 이것을 막고자 엄청난 연구비를 투자하고 있기도 하다.

2) 원자력 발전에 대한 인식변화

후쿠시마 원전 사고 이후 일본은 대체 에너지로 눈을 돌리고 있다. 독일은 원자력 발전을 중단했다. 그러나 대한민국은 아직 원자력 발전에 대한 미련을 버리지 못하고 있다.

3) 대한민국의 미래

대한민국은 원전 사업으로 이득을 보고 있다. 그러나 시장이 줄어들고 있기에 이 또한 오래 가지 못할 것을 유념해야 한다. 후대의 안전한 존속을 위해서라도 정부는 사람들의 말에 귀를 기울이며 함께 바른 대책을 강구해야 한다.

1. 저자는 '환경과 사업은 함께할 수 있다'고 이야기합니다. 저자가 그렇게 주장하는 이유는 무엇인지, 그리고 이에 대한 나의 생각은 어떤지 말해봅시다.

저자가 주장하는 이유	나의 생각

2. 자신이 작은 슈퍼마켓을 운영하고 있다고 가정해봅시다. 친환경 제품을 의무적으로 일정 수량 이상 가게에 들여 놓는 것에 대해 어떻게 생각하나요? 자신의 의견을 말해봅시다.

나의 생각	그렇게 생각하는 이유

3. 후쿠시마 사고 이후 고리 원전을 필두로 우리나라 원자력 발전과 발전소에 대한 문제들이 제기되고 있습니다. 현재 우리나라의 상황이 어떠한지 본문 및 자료를 찾아서 보다 자세하게 알아보도록 합시다.

4. 위의 항목을 참조하여 우리나라의 원자력 발전에 대해 자신의 생각을 자유롭게 적어봅시다.

1. 기초학문에 대한 편견

1) 사장되고 있는 기초학문

기초학문은 당장 돈이 되거나, 가시적인 연구 성과를 보여주지 않는다. 그렇기에 실생활에 도움이 안 된다고 여겨져 학과 교수들 사이에서도 무시당하는 경향이 있다.

2) 의생학과 우리생활

의생학은 자연과학과 공학을 연계하여 자연을 모방한 상품이나 제품을 실생활에 활용하는 학문이다. 즉 자연에서 아이디어를 도출하는 학문이라고 할 수 있다. 찍찍이라 불리는 벨크로 및 강철 섬유, 태양 전지 등 의생학은 우리 생활과 밀접한 연관이 있다.

3) 기초학문의 통섭과 활용

기초학문은 그 자체로 가시적인 결과물을 얻기보단 타 실용학문을 뒷받침해주거나, 학문 간 유기적 통섭 속에서 빛을 발한다. 자연과학이나 동물행동학 같은 기초학문에 대한 부정적인 시선을 고쳐 나가야 한다.

2. 의생학과 자연 모방의 이점

1) 아이디어의 검증과 활용이 수월

자연은 오랜 시간 동안 시행착오를 거쳐 결과물을 내놓는다. 그렇기에 자연에서 모방하는 아이디어는 실패 확률도 적고 인간 혼자 머리를 싸매는 것보다 쉽게 해답을 찾을 수도 있다.

3. 연구비 문제

순수학문을 한다는 이들은 자본과 연합하여 이익을 취하는 것에 대해 특유의 고매한 자존심을 버리고 사람들에게 도움이 되는 일을 해야 한다. 기업 또한 순수학문과의 연계 응용에서 합당한 연구비를 제공해야 한다.

1. 자연을 모방하는 것에는 어떤 이점들이 있을까요? 본문의 내용을 참고하여 적어봅시다.

2. 자연을 모방한 나만의 상품을 개발한다면 무엇이 좋을까요? 아이디어를 펼쳐 보세요!

3. 저자가 연구하는 동물행동학에 대한 과거와 현재의 평가가 각기 어떻게 다른지 본문의 내용을 참조하여 적어봅시다.

과거	현재

4. 과학 분야의 기초학문이 왜 중요한지 생각해봅시다. 저자의 의견을 활용해도 좋고, 자신의 생각이나 추가 자료를 첨부해도 좋습니다.

1. 동물과 이성

이성은 동물과 인간을 구분하는 개념이 아니다. 철학자들이 이야기하는 이성과 구분
은 다르겠지만, 그것은 동물에게도 인간에게도 공통적으로 있으나 인간에게서 유독
더 특별하게 발달된 개념이다.

2. 유기동물 문제

1) 반려동물은 소유물이 아니다

오로지 인간의 편의와 즐거움을 위해 반려동물을 들였다가 사소한 이유로 동물을
버리는 사람들이 있다. 이것은 동물을 장난감 또는 소유물로 여기기 때문이다

2) 유기동물을 줄이려면?

인간은 다른 동물보다 공감 능력이 뛰어나다. 그렇기에 더욱 반려동물의 심정을 이
해하고 대처해야 한다. 또한 동물을 들이기 전 해당 동물에 대해 잘 알아보는 태도도
중요하다.

3. 반려동물과 잘 지내기

1) 반려동물로 급부상한 고양이

현대인의 생활양식이 변화하면서 독립적인 성격의 고양이가 인기 있는 반려동물로
급부상하고 있으며, 그에 따른 문제들도 발생하고 있다.

2) 동물과 나의 성향 파악하기

키우려는 동물의 성향을 잘 파악하고, 자신의 생활습관이나 성향을 비교해 알맞은
동물을 선택해야 한다.

4. 올바른 공생이란?

1) 도시에서 살아가는 동물들

아파트 거주 인구가 늘어나면서 인간과 같은 주거 양식에서 살아가는 동물들이 늘고 있다. 비좁은 아파트 생활이 동물에게는 좋지 못하나, 인간의 감성에 도움이 되는 것은 사실이다.

2) 길고양이와 TNR

생태계 안정을 위해 어쩔 수 없이 개체 수 조절을 해야 한다. 또한 인간과 함께 살아가면서 서로가 입는 피해를 줄이기 위해서라도 불가피한 선택이다.

3) 공생을 위한 차선

자연 속에서 서로 본연의 모습대로 공생하는 것이 최선이나, 현재 인간과 동물은 인간이 만들어낸 문명과 사회 속에 살고 있다. 그렇기에 인간은 이에 맞춰 어쩔 수 없이 차선책을 고를 수밖에 없다. 반려인 본인이 처한 환경에서 가장 동물을 잘 대해줄 수 있는 환경을 찾아 건강하게 공생하자.

5. 동물을 대하는 인식

1) 인간에게는 낯선 동물의 행태

동물은 종종 인간이 이해하기 어려운 행동들을 하곤 한다. 이것은 해당 동물의 자연적인 습성일 때도 있지만, 인간과 함께 살아가면서 본연의 습성이 변형된 것이기도 하다.

2) 동물을 통해 인간을 이해하기

동물을 연구하는 것은 궁극적으로 인간을 이해하기 위해서이기도 하다. 동물의 행동을 연구하다 보면 인간의 행동에 대해서도 함부로 이야기할 수 없게 된다.

3) 동물을 대하는 의식 수준

예전보다 동물을 대하는 의식 수준이 진보했다. 앞으로 이러한 인식이 계속 발전하기를 희망한다.

1. 저자는 본문에서 동물에게 이성이 있다고 이야기합니다. 왜 그렇게 생각하는지 이유를 찾아보고, 여기에 대한 자신의 생각을 쓰고, 말해봅시다.

저자가 생각하는 이유	나의 생각

2. 유기동물 문제가 날로 심각해지고 있습니다. 본문 및 다른 자료를 찾아 현재 상황이 어떠한지 알아보고, 왜 이런 일들이 일어나는지에 대해 자신의 생각을 쓰고, 말해봅시다.

유기동물 문제 현황
유기동물이 늘어나는 이유에 대한 나의 생각

3. 아래 사례를 읽고 자신이 이런 상황에 처했다고 가정했을 때, 어떤 선택을 할지 생각해봅시다. 그리고 유기동물 문제를 어떻게 해결하면 좋을지 자신의 생각을 쓰고, 말해봅시다.

사례 1 A씨는 고양이 두 마리와 오랜 시간 가족처럼 잘 지냈다. A씨의 남자친구도 A씨의 고양이들을 예뻐했고, 두 사람과 고양이들은 행복한 시간을 보냈다. 시간이 흘러 A씨는 남자친구와 결혼을 하고, 임신을 하게 됐다. A씨가 임신을 하자 시어머니는 아기에게 좋지 않다고 고양이를 내보내라며 보내지 않으면 연을 끊겠다는 소리까지 하신다. 이 경우 A씨는 어떻게 하는 것이 좋을까?

사례 2 B씨는 직장에서 갑자기 해외 파견 근무를 맡게 됐다. 지구 반대편, 비행기로도 12시간 이상이 걸리는 브라질에 가서 3년 혹은 그 이상 근무를 해야 하는 상황이다. 그런데 B씨에게는 반려견이 있다. 그리고 B씨의 부모님은 요양원에 계셔서 맡아 줄 형편이 되지 않는다. 파견 근무는 3개월 뒤부터 시작된다. B씨는 어떻게 하는 것이 좋을까?

나의 선택	유기동물 문제에 대한 해결 방안

4. 길고양이 TNR에 대해 저자는 어떻게 생각하고 있을까요? 본문의 내용을 참조하여 저자의 생각을 정리해봅시다. 그리고 여기에 대한 자신의 생각을 쓰고, 말해봅시다.

저자의 생각	나의 생각

5. 반려동물의 중성화 문제는 항상 뜨거운 감자로 사람들의 입에 오르내리고 있습니다. 본문 및 다른 자료들을 찾아 여기에 대한 자신의 생각과, 그렇게 생각하는 이유를 쓰고, 말해봅시다.

6. 저자는 도시에서 인간과 동물들이 함께 살아가는 방법으로 '공생을 위한 차선'이라는 말을 합니다. 이에 대한 자신의 생각을 쓰고 말해봅시다. 또한, 우리 주변에서 반려동물 외에 다른 동물들에게도 이러한 상황이 적용되는 예를 함께 찾아봅시다.

1. 학문 간 통섭의 중요성

1) 통섭이란?

학문용어 컨실리언스(Consilience)의 우리말 번역으로, 고립을 벗어나 다양한 학문들끼리 자유롭게 소통하며 의견을 나누는 것을 말한다.

2) 이전 시대의 학문

이전 시대에는 학문의 깊이가 얕아서 한 사람이 다양한 분야의 지식을 섭렵하는 것이 가능했다.

3) 현대의 학문

19세기와 20세기를 거치며 인간은 방대한 지식을 축적했다. 그만큼 학문의 깊이가 깊어졌고 예전처럼 한 사람이 다방면의 지식을 쌓는 것이 어렵게 됐다. 때문에 한 가지 학문에 집중하여 공부를 할 수밖에 없다.

4) 통섭의 필요성

한 가지 학문을 깊이 있게 공부하는 것은 좋으나, 서로 다른 학문 간 의견을 교류하는 태도도 중요하다. 시대가 바뀌어 학문 간 통섭이 중요해졌다. 본인의 영역을 지키면서도 타 학문과 건강하게 교류하는 자세가 필요하다.

2. 통섭형 인재의 의의

1) 시대 변화

시대가 바뀌어 통섭형 인재가 바람직한 미래상으로 각광받고 있다. 미국에서는 벌써 학문 간 융합을 시도하려는 움직임이 일어나고 있다.

2) 통섭형 인재의 중요성

통섭형 인재들은 문제를 다각도에서 바라볼 줄 알기에 미래사회에서 문제를 해결하는 데 중요한 역할을 한다. 더불어 초고령화 시대에 접어든 지금, 여러 직종에 적응해야 하는 시대 분위기 때문에라도 통섭형 인재가 되어야 한다.

1. 예전의 학문과 지금의 학문은 각각 어떻게 달라졌을까요? 본문의 내용을 참조하여 아래 표를 채워 봅시다.

예전의 학문	지금의 학문

2. '통섭'이란 과연 무엇인지 본문의 내용을 참조하여 자신의 생각을 담아 봅시다.

3. 지금 시대에 '통섭'의 개념과 '통섭형 인재'가 필요한 이유는 무엇인지, 본문을 참조하여 저자의 주장을 정리해봅시다.

4. 저자는 '한우물만 파서는 살아갈 수 없다'고 이야기합니다. 여기에 대한 자신의 생각을 정리해봅시다. 동의도 좋고 반대도 좋습니다.

5. 우리가 알고 있는 학문 간 융합이나 통섭의 좋은 사례로는 무엇이 있을까요? 자료를 찾아 간단히 정리해봅시다.

1. 창의적 인재 양성

1) 대한민국의 기술력과 현실

우리나라는 기술력은 부족하지 않으나 이것을 이용하여 새로운 것을 만들어 낼 수 있는 인재가 부족하다.

2) 창의적 인재 양성의 중요성

피동적으로 과제만 하기보다는 기술력을 이용하여 창의적으로 무언가를 만들어 낼 수 있어야 한다.

3. 대한민국의 교육 현실

1) 공부 방법

주어진 것을 달달 외우기보단, 폭넓은 지식을 바탕으로 다양한 수단을 동원해 해답을 찾아내는 법을 익혀야 한다. 그렇게 되면 통섭형 인재가 됨은 말할 것도 없으며, 공부가 재미있어지고, 공부하는 법도 알게 된다.

2) 교육방식

대한민국에서는 다른 분야를 접할 기회가 쉽지 않아서 학문 간 통섭이 까다롭고 어려운 실정이다. 이제는 이런 점을 극복하여 유능한 학문 간 통섭형 인재를 길러 내야 한다.

3) 과도한 교육열

100세 시대가 되면서 인간은 여러 분야와 다양한 직장을 넘나들게 됐다. 과도한 교육열로 자녀를 첫 경쟁만을 위한 고학력, 고스펙을 만드는 것은 투자한 에너지보다 부작용이 더욱 크다. 과도한 교육열을 줄이고 시대에 맞춰 자녀를 자유롭게 해주어야 자녀가 넓은 시각을 갖추고 통섭형 인재로 자랄 수 있다.

1. 저자는 본문에서 '언제까지 과제만 하고 살 수는 없다'고 이야기합니다. 이 말이 무슨 뜻인지, 그리고 왜 문제가 되는 것인지 10줄 정도로 정리해봅시다.

2-1. 저자는 한국 학생들과 미국 학생들에 대해 각각 이야기하고 있습니다. 본문의 내용을 기준하여 두 나라 학생들에 대한 저자의 생각을 정리해봅시다.

한국 학생	미국 학생

2-2. 위 2-1에 대한 자신의 생각을 정리해봅시다.

3. 저자는 과한 교육열의 문제점에 대해 지적하고 있습니다. 이것이 왜 문제가 되는지 생각해 보고, 그리고 이에 대한 자신의 생각을 정리해봅시다.

저자의 생각	나의 생각

4. 저자가 주장하는 올바른 교육방식은 무엇인지 본문의 내용을 기준하여 생각해봅시다. 또한 여기에 대한 자신의 생각도 함께 정리해봅시다.

저자가 주장하는 올바른 교육방식	나의 생각

5. 창의적 인재란 과연 무엇일까요? 자신이 생각하는 창의적 인재란 무엇인지, 그리고 창의적 인재가 되려면 어떻게 해야 하는지를 쓰고 말해봅시다.

6. 내가 생각하는 우리나라 교육방식의 문제점은 무엇인지, 본문의 내용과 상관없이 자유롭게 정리해봅시다. 또한 이것을 개선하기 위한 방법에 대해서도 생각해봅시다.

대한민국 교육의 문제	이를 개선하기 위해 필요한 것

요약의
달인 되기!

1. 통섭적 삶과 기획 독서

1) 독서의 중요성

통섭적 삶을 살려면 다방면에 풍부한 지식이 필요하며 이를 위한 가장 좋은 수단이
바로 독서이다. 또한 독서는 다변화하는 직업 환경에 적응할 때에도 도움이 된다.

2) 올바른 도서 선택

자기계발서나 지침서 같은 책들은 일종의 도우미와 같아서 실질적인 지식을 주지는
못한다. 진짜 자기 지식을 얻으려면 해당 분야에 직접 뛰어들어 스스로 지식을 얻어
내야 한다.

2. 전략적 기획 독서

1) 일처럼 독서하라

독서를 취미로 하게 되면 독서 중 난관에 부딪쳤을 때 쉽게 포기하게 된다. 일을 한
다는 마음으로 독서의 어려움을 견뎌야 통섭적 삶을 위한 독서를 할 수 있다. 또한
독서를 일이라 생각해야 바쁜 일상에서도 시간을 마련할 수 있다.

2) 책 내용을 잘 기억하라

책을 읽고 난 뒤 내용을 잘 기억하는 것도 중요하다. 자기만의 방법을 통해 내용을
잘 기억할 수 있도록 하자.

3) 인터넷을 맹신하지 마라

인터넷에서 얻는 정보들은 책에서 얻는 정보보다 가벼울 수밖에 없다. 인터넷을 맹
신하지 말고 적당한 도우미로 삼으며 제대로 된 독서로 진짜 지식을 얻어야 한다.

3. 올바른 독서 환경

1) 책과 친숙한 환경 조성

어디서든 책이 가까이 있어야 쉽고 편하게 독서를 할 수 있다.

2) 부모의 모범

부모가 먼저 책을 읽는 모습을 보여야 자녀도 부모를 따라 책을 읽는다. 부모가 모범을 보이지 않으면서 자녀에게 책 읽기를 강요하는 것은 어불성설이다.

3) 독서 편식 줄이기

한 가지 종류의 책만 보게 되면 차후 다른 종류의 책을 읽을 때 어려움을 느끼기도 한다. 여러 종류의 책을 고르게 읽어 독서 편식을 줄여야 한다.

1. 취미 독서와 기획 독서는 어떤 차이가 있는지 비교해봅시다.

취미 독서	기획 독서

2-1. 아래 표에 따라 간단한 기획 독서 계획을 짜 봅시다.

① 내가 관심 있는 분야는 무엇인가?

② 해당 분야 중 내가 다가가기 쉬운 영역은 무엇인가?

③ 이 분야 및 영역에 대해 지식을 얻을 수 있는 방법이 또 있을까?
   그리고 그것을 통해 어떤 것들을 얻을 수 있을까?

④ 이 분야 및 영역에 대해 책을 세 권 골라 본다면 어떤 것이 좋을까?

⑤ 하루에 몇 페이지씩 책을 읽으면 좋을까?

⑥ 책 내용을 잘 기억하려면 어떻게 해야 할까?

2-2. 위 내용을 바탕으로 보다 구체적인 기획 독서 계획을 세워 봅시다.

나의 기획 독서

이름:

분야:

책 제목:

나의 계획:

3. 저자는 기획 독서를 전략적으로, 일처럼 해야 한다고 이야기합니다. 왜 그래야 하는지 본문의 내용을 기준하여 정리해봅시다. 그리고 여기에 대한 자신의 생각은 어떠한지 짧게 쓰고 그에 대해 말해봅시다.

저자의 생각	나의 생각

4. 저자가 생각하는 바른 독서 환경은 무엇입니까? 본문을 기준하여 저자의 생각을 정리해봅시다. 또한 내가 생각하는 이상적인 독서 환경은 무엇인지 짧게 쓰고 그에 대해 말해봅시다.

저자가 생각하는 이상적인 독서 환경

내가 생각하는 이상적인 독서 환경

5. 저자는 인터넷에 대해 어떻게 생각하고 있습니까? 본문을 기준하여 저자의 생각을 정리해 보고, 자신의 생각도 같이 정리해봅시다.

저자의 생각	나의 생각

6. 저자는 본문에서 '독서 편식'에 대해 이야기하고 있습니다. 이것이 무엇인지, 그리고 저자는 여기에 대해 어떤 생각을 하고 있는지 본문을 참조하여 정리해봅시다. 또한 '독서 편식'에 대한 자신의 생각을 타당한 근거와 함께 이야기해봅시다.

독서 편식이란?

독서 편식에 대한 저자의 생각

독서 편식에 대한 나의 생각

1. 남녀에 대한 오류와 편견

1) 역사적 사실로 보는 남녀의 지위

수렵사회에서 실질적으로 가정의 우위를 차지했던 것은 남성이 아니라 여성이다. 남성은 농경사회가 되면서부터 주도권을 잡았다. 현대사회에서는 이전보다 근력이 중시되지 않으면서 기울었던 역할 주도권이 다시 중심을 찾아가고 있다. 많은 여성이 사회로 진출하고 있으며, 이로 인해 위기감을 느끼는 남성도 많다.

2) 생물학적 사실로 보는 남녀, 그리고 호주제

다윈 진화론 중 성 선택 이론으로 보자면 생물학적으로 여성이 남성보다 우위에 있다. 종을 유지하고 혈통을 이어 나가는 것 또한 남성보다 여성이 하는 역할이 크다. 따라서 남성 중심인 호주제는 생물학적으로 모순이라고 볼 수 있다.

2. 성 역할의 재정립

현대사회에 들어서며 남성성과 여성성의 경계가 흐려지고 있다. 시대 변화에 맞춰 남성성과 여성성에 대한 기준을 새롭게 정립해야 한다. 그렇게 되면 남녀 모두 고정된 성 역할을 강요받음에서 오는 스트레스를 줄일 수 있다.

3. 가사 분담

맞벌이 시대에 접어들면서 가사는 남녀 모두의 일이 되었다. 가사를 여성의 일로 여기지 말고 공평히 분담해야 한다.

4. 직장생활과 육아

1) 직장에서의 남녀 문제

여전히 여성은 사회에서 남성보다 불리한 위치에 있다. 특히 출산 후 경력 단절 문제가 심각한데 이를 위해 사회 제도가 개선되어야 한다. 여성은 일할 수 있는 기회를 얻고, 남성은 무거운 업무의 짐을 나눌 수 있게 된다.

2) 육아에서의 남녀 문제

육아는 남녀가 함께해야 하는 문제이다. 육아를 여성의 일로만 생각해 버리면 아버지는 자녀와 애착을 형성할 수 없어 가정에서 겉돌게 된다. 이를 위해서라도 남녀 모두 공평한 육아 휴직 및 정당한 근무 시간과 급여를 보장받아야 한다.

5. 시대 변화와 가정교육

부모는 이전 시대의 성 역할을 자녀에게 요구하고 있다. 그런데 이제 시대가 바뀌어 남녀 성 역할의 고정관념이 없어지고 있다. 새로운 시대에 발맞춰 부모가 먼저 자신의 고정관념을 버려야 한다.

1. 역사적으로 남성과 여성의 위치와 지위는 어떻게 달라져 왔을까요? 본문에 기준하고 추가 자료를 찾아 정리해봅시다.